चले....
सफलता की ओर
प्रेमसे, आनंदसे

- सुरेश मुरलीधर वाघ (सेवक)

BookMitra

www.markmybook.com/bookmitra

चले....
सफलता की ओर
प्रेमसे, आनंदसे

लेखक (सेवक)	: सुरेश मुरलीधर वाघ
कॉपीराईट ©	: वंदना सुरेश वाघ
	मु. पो. जानोरी, ता. दिंडोरी, जि. नाशिक
	भ्रमणध्वनी : ९७६५२८८८६३/८३९०७२०२६३
प्रथम आवृत्ती	: २०१९
मुल्य	: १९५/-
प्रकाशक	: बुकमित्र पब्लिशर्स (मार्क माय बुक)
	मार्क माय बुक
	जयश्री पेडीवाल हायस्कुलके सामने,
	चित्रकुट, जयपुर, राजस्थान-३०२०२१
	९६६०५९६९७०
	www.markmybook.com/bookmitra
ISBN	: 978-81-944-16722
मुखपृष्ठ	: सुभाष वाघ, नाशिक
अंतर्गत रेखाटन	: Little alien Studios, Nashik
अंतर्गत मांडणी एवं सजावट	: मनीष दीपक पानपाटील
हिंदी अनुवादक	: प्रा. डॉ. एस. एच. मोरे, नाशिक

समर्पण पत्रिक

विश्वके सभी देहरूपी
आत्माओंको समर्पित

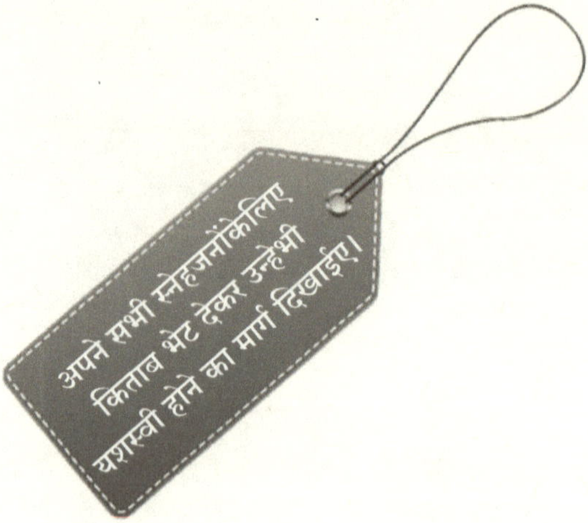

जब तक हम जिवनमें सृष्टीकेलिए, लोगोंकेलिए (आत्मा या परमात्मा, भगवंतके लिए नही, बल्की भगवंतरुपी यानी मानवरूपी आत्माके लिए) कुछ अच्छा नहीं देते तब तक हमे जिवनमें सृष्टीसे, लोगोंसे कुछ अच्छा नहीं मिलेगा। फिर चाहे वह सफलता हो, सपने हो या धनलाभ हो।

हमारे आध्यात्मिक गुरू कहते है, की
अगर आप आपके सबसे प्रिय मित्रसे मिलने जा रहे हो,
तो सिर्फ प्रेम लेकर जाना चाहिए।
अगर आप आपके प्रिय गुरुवर्यकेपास (यहॉ) जा रहे हो,
तो अज्ञान लेकर जाना चाहिए।
अगर आप आपके प्रिय भगवंतके दर्शनके लिए जा रहे हो,
तो सच्चे अंतरमनसे (दिलसे) सिर्फ पुण्य लेकर जाना चाहिए।

प्रेमसे, आनंदसे और उत्कृष्ट कोशिश और काम
करनेसे सफलता हमारे पीछे दौडी चली आती है।
प्रेम, आनंद और उत्कृष्ट कामके नशेमें डुबे रहनेसे
सफलता हमारे पीछे पीछे चली आता है।

सफलता की आसक्ती के लिये काम करने की
अपेक्षा में हम जो काम कर रहे हैं, उस कामपर अंतः
करणपूर्वक प्रेम करनेसे सफलता खुद हमारे पीछे
दौडती है।

– श्री. सुरेश मुरलीधर वाघ (सेवक)

१३/०६/१९८२

जीवन में केवल काम करके सफलता नहीं मिलती। सपने पुरें नही होते। तो वह कार्य उत्कृष्ट प्रयत्न और काम करनेसें सफलता, पैसा एवं स्वप्नपूर्ती होती हैं।
दुनिया कें सफल लोगोंका इतिहास यदी हमनें देखा तो ऐसा दिखायी दिया, की उन्होंने प्रेम और आनंदसें काम किया है, उत्कृष्ट काम किया है, लोगोंकी मदद की है। समाजोपयोगी, लोकाभिमुख कार्यसें और कुशलतासे उनके द्वारा निर्मित वस्तुओंसे समाज को लाभ पहुँचाया है। इसी कारणसे वे सफल और धनवान हुए हैं। सफल व्यक्ती पैसा कमानेके पहले नवनिर्मिती के लिये खर्च करते हैं, इसलिए वो सफल लोग जीवनमें सफल होते हैं।
दुनियाकें सफल लोग पहले गलें के नीचे अर्थात् अपने मनोरंजनार्थ पैसा खर्च न करके ज्ञानार्जनके लिये अनेक मोटिव्हेशनल लेखकोंकी पुस्तकें पढकर, मोटिव्हेशनल सेमिनार, ऑडिओ, व्हिडिओ इनकें माध्यमसे ज्ञानग्रहण करते हैं। स्वयंमें (परिवर्तन) बदलाव लाते हैं, इसलिए वे सफल लोग सफल होते हैं।

अनुक्रमणिका

सबका अंतरआत्मा से आभार

मैं श्रीकृष्ण भगवान का बहुत आभारी हूँ क्योंकी श्रीकृष्ण भगवानने मेरा जन्म जानोरी स्थित मेरी माताजी सौ. साळुबाई मुरलीधर वाघ और मेरे पिताजी श्री. मुरलीधर गणपत वाघ इनके घरमें हुआँ।

मेरी बडी बहन सौ. बेबाबाई बाबुराव तिडके, दुसरी बहन सौ. छबाबाई गोपीनाथ खोडे और सबसे छोटी बहन सौ. कल्पना जनार्दन गायके इन तिनोंकाभी मै बहुत आभारी हूँ।

मेरे मामाश्री और गुरु श्री. फकिरा तुकाराम खोडे इनकाभी बहुत आभारी हूँ।

मेरे गुरु श्री. किरण आनंदराव पाटील और उनकी पत्नी सौ. सीमा किरण पाटील इनकाभी आभारी हूँ ।

मेरे गुरुमित्र श्री. अनिल शंकर तिडके और उनका परिवार वैसेही श्री. भारत पोपट विधाते और उनका परिवार इन सबका मै बहुत आभारी हूँ ।

मै ब्रिट वर्ल्डवाइड संस्थाकाभी आभारी हूँ, जिन्होने मुझे सकारात्मक ज्ञान दिया ।

मेरे गुरु किरणसर, जिनकी वजहसें मुझे नेटवर्क मार्केटिंग क्या होती है और नेटवर्क मार्केटिंगका कारोबार कैसे चलता है, यह सिखनेको मिला, इसके लिए मै उनका फिर एक बार आभारी हूँ।

मै विश्वके मेरे सबसे पसंतीदा लेखक श्री. चेतन भगत, श्री. शिव खेरा, रॉन्डा बर्न, रॉबर्ट किओसाठी, ब्रायन ट्रेसी, डेविड, जे श्वार्टज् इन सब महान लेखकोंका बहुत बहुत आभारी हूँ।

मै धार्मिक संत तथा लेखक संत ज्ञानेश्वर महाराज, संत नामदेव महाराज, संत तुकाराम महाराज, संत रामदास स्वामी, संत एकनाथ महाराज इनकाभी मैं बहुत आभारी हूँ ।

मै विश्वके सभी मानवजाती, प्राणी तथा सभी जीवोंका बहुत आभारी हूँ ।

हिंदी अनुवादक के दो शब्द!

'पाठ' अर्थात् सीख, सबक या संदेश। इनमेंसे कुछ 'पाठ' आत्मनिष्ठ होते हैं। अर्थात् प्रामाणिक रूप में स्वयंको भीतरसे टटोलनेवाले। अपने पूर्ण जीवनकी गलतियाँ स्वीकारकर आधुनिक प्रगतशील विचारधारा को स्वीकारकर इन्फॉरमेशन टेक्नॉलॉजीके तंत्रप्रणालीसे जुड़कर आजकी वस्तुनिष्ठ जीवनप्रणाली को अपनी आत्मनिष्ठ विचारधारा के साथ जोड़कर चलनेवाले ग्राम जानोरी, नाशिकस्थित श्री. सुरेश मुरलीधर वाघ का मेरा पहला अर्थात् प्राथमिक परिचय मेरे घरपर हुआ। इस हट्टेकट्टे शरीर और विचारके युवाको दुसरे एक युवा श्री. महेश सोनवणे, (नाशिक) नें मेरे घर भेजा था।

इस नवयुवाने मराठीमें 'चला यशाकडे प्रेमाने, आनंदाने' किताब लिखी है, जिसके टंकलेखनकी और अक्षरमुद्रणकी जिम्मेदारी श्री. महेश सोनवणेके कंधेपर सौंपी है। और उस दिशामें सुचारू ढंगसे काम चल रहा हैं। इस किताब के हिंदी अनुवादकी जिम्मेदारी श्री. सुरेश मुरलीधर वाघने मेरे कंधेपर सौंप दीं और प्रेम, आनंदसे वैश्विक दिशाकी ओर बढ़नेमें सफलता चाहनेवाले इस युवा की पुस्तक का हिंदी में अनुवाद- 'चले सफलताकी ओर प्रेमसे, आनंदसे' शीर्षकसे करनेकी जिम्मेदारी मैंने सहर्ष स्वीकारी।

मुझे कहते हुए गर्व का अनुभव हो रहा है, कि घोर निराशा, घोर आपदा (विपदा), संकटों को झेलते हुए भी यह युवा लेखनकार्य में दृढ़ संकल्प है और प्रकाशनमें निश्चयही सफल होगा। सुधीजन, विचारक कहलानेवाले प्राध्यापकगण तथा लेखकोंद्वारा अनुवादके लिये नकारे गये इस युवा को धैर्य देकर मैंने इस कार्यको पुरा किया है और उसे सौंप रहा हूँ।

सानंद के साथ,

हितैषी,

प्रा. डॉ. एस. एच. मोरे,

हिंदी अनुवादक/ नाशिक

लेखकीय !

जीवन में केवल काम करनेसे धन, सफलता एवं स्वप्नपूर्ती नहीं होती, तो वह कार्य उत्कृष्ट प्रयत्न और काम करनेसे होती है। दुनियाके सफलता अर्जित लोगोंका इतिहास अवलोकन करनेपर समझमें आता हैं, की केवल प्रेम, आनंद एवं उत्कृष्ट प्रयत्न और काम कर के लोकोपयोगी भूमिका लेनेपर उन्हें सफलता मिली है। समाजहितैषी, लोकाभिमुख कार्य तथा कुशलतापूर्वक उनकेद्वारा निर्मित वस्तुओंसे समाजको लाभ पहुँचा है, अंततः वे लोग सफल बने हैं और धनिकभी। यशोर्जित व्यक्ती पैसा कमानेके पहले नवसृजनात्मकताके लिये पैसा खर्च करते हैं, इसलिए वे सफल होते हैं।

दुनियाके सफल व्यक्ति प्रथमतः गलेके नीचले भागके लिये अर्थात रंगिनियोंके लिये, रंगरलियाँ मनानेके लिये पैसा खर्च न करके ज्ञानार्जनके लिये कई मोटिव्हशनल लेखकोंकी किताबें पढकर, मोटिव्हेशनल सेमिनार, ऑडिओ, व्हिडिओके माध्यमसे ज्ञान ग्रहण करते हैं। स्वयं में परिवर्तन लाते हैं, अतः वे सफल लोग सफल होते हैं।

इनके व्यक्तित्व, कार्य एवं सफल सपनोंसे उम्मीद रखनेवाले पागल व्यक्तिका जन्म १३ जून १९८२ के शुभावसरपर हुआ। पागल याने ध्येयाकांक्षी, ध्येयासक्त। माता- पिता बहुत आनंदित हुए, बहनकोंतो अत्याधिक, कारण दोन भाईयोंकी पहले ही मृत्यु हो चुकी थी, तत्पश्चात् तीन बहनों का जन्म हुआ। बाद में १२ सालबाद मेरा जन्म हुआ। हमारे हालात बहुतही नाजूक बने थे, क्यौंकी पिताजी युवावस्थामेंही अपाहीज हुये थें।

माता-पिताद्वारा बच्चोंकी परवरिश होनेके बजाय मैं और मेरे माता-पिताकी (घरकी पुरी) जिम्मेदारी बहनोंके कंधेपर आई थी। कुछ वर्षों पश्चात् और एक भाईका जन्म हुआ।

नामकरण हुआ गौतम। उसके आनेसे मुझपर रहे प्रेमकी मात्रा कुछ कम हुई। वह कुछ भी रहै, लेकिन हम दोनोंका कष्टपूर्वक लालन- पालन बहनों ने धीरे धीरे किया। हमारी शिक्षा के लिये बहुत भागदौड होती रही। कुछ पारिवारिक समस्याओंके कारण हमें ग्राम जानोरी छोडना पडा। जानोरी गाँव नासिक जिलेके अंदर तहसील दिंडोरीमें

स्थित है।

हम दोनों भाई बम्बईमें अनाथाश्रममें दाखिल हुए। शासकीय बालगृह (बालकोंका कनिष्ठ विद्यालय) उल्हासनगर- ४ में हमारा दाखला हुआ। वहाँ प्रवेश पाने के बाद कारावासमें बंदी बनने जैसी अजीबसी घुटन महसूस हुई, लेकिन कुछ दिनों पश्चात वहाँ की आबोहवा, वहाँके वातावरणकी आदतसी हुई। ५ वीं से १० वीं कक्षातक की पढाई यहीं से पुरी की। बाद में मुझे सिद्धार्थ कॉलनी, चेंबूर (बम्बई) भेजा गया। चेंबूरमें १ वर्षतक गॅस कं. में काम किया। वहाँ काम करते समय एक कॉम्प्युटर कं. में काम किया। ऑफिस बॉय के नाते। वहाँ काम करते समय मनमें एक ऐसी इच्छा थी, की समाधानकारक पूँजी हाथ लगनेपर जो बचत होगी, उसमें से माँ के लिये सुंदर साडी, नाना (पिताजी) के लिये महँगी धोती, तीन में से दो बहनोंके लिये साडियाँ तथा एक बहनके लिये घडी खरीदने का विचार बारबार मनमें आ रहा था। कुछ दिनों बाद दीपावलिका शुभ अवसर आनेवाला था। उस मौकेपर उपरोक्त वस्तुएँ ले जानेकी ठान ली। काम का वेतन मिला। १० दिन की छुट्टी मनाने के लिये जानोरी पहुँचा। उस समय मेरी उम्र महज १७ साल की थी। प्रतिमास १५०० के हिसाब से १८,०००/- रु. जमाराशी सालाना हिसाबसे संचयित थी। जानोरी पहुँचा, तब सर्वाधिक आनंद माता- पिताको हुआ। कारण यह हैं, कि उनकी सोचमें बच्चा कमाऊ होकर वेतनभोगी होगा तब तक हम जिंदा रह पायेंगे या नहीं। उनका यह सपना पुरा हुआ। अज्ञानवश साडी, धोती की लंबाई- चौडाई में फर्क पडा। फिर भी माता-पिता और बहनोंने इसीमें संतोष मान लिया कि हमारे बेटेने कपडे प्रेमसे. आनंदसे से खरीदे हैं।

छुट्टियाँ समाप्त होने के बाद हम बम्बई वापस आये। मेरे मामा फकिरा खोडे पिताजीसे कहने लगे, कि बच्चे अब सयाने हो गए हैं। दाजी तुम्हे खेतीबाडीके कामकाज के लिये उन्हे बुला लेना चाहिए। दोनों को बात पसंद आयी और १८ जून २००० को हमें बम्बईसे गाँव लौटना पडा। घरवापसी के बाद केवल ३ महिनेही नाना (पिताजी) का सानिध्य मिला, क्योंकी ४ अक्तूबर २००० के दिन उनका स्वर्गवास हुआ। उस समय मेरी उम्र १८ साल थी।

२००० के आगे मेरी जीवनसंघर्षकी लडाई शुरू हुई। पिताजी के देहांत के पहले

बहनोंकी शादी हुई थी। घरगिरस्ती घरका बडा बेटा होने के नाते मेरे कंधेपर आ पडी। पिताजीने देहांतपूर्व जीवनके ३ सूत्र समझाये थे- १) चोरी मत करना, २) शराब मत पिना, ३) स्त्रियोंके शौकिन मत बनो; इन सूत्रोंपर अमल करके बडी हिम्मतसे मैं खेती करने लगा, लेकिन खेतीसे अनभिज्ञ था। लोगों में कानाफुसी थी, कि बम्बईवासी यह लडके खेती क्या करेंगे? कुछ ने सलाह दी, कि बम्बई मेंही रुकना चाहिये था। लेकिन हमभी अपनी जगह यथायोग्य थे, हमारे मामाने हमें कुछ पैसे खर्चापाणी के लिये दिये और खेती कसने का उत्साह दिया। धीर-धीरे उत्कृष्ट पद्धतिसे खेती करने लगा। तैयार सब्जी- तरकारी सायकलपे सवार होकर बेचने लगा। उससे घरखर्चा निभा जाता था। २००२ में मेरी, २००८ में भाईकी शादी हुई। धीरे-धीरे मोटरसाइकिल खरीदी। संघर्ष चल रहा था। सपने (अरमान) बडे थे। खेतीकर सपने कैसे पुरे होंगे यह बात मै बार बार सोचता था। २००६ से मार्केटींग कंपनी में काम करने लगा। उसमें से एक बात सिखने को मिली। वह यह कि मैं मेहनतसे रईस नहीं हो सकता, लेकिन मेहनत करते समय जो आदमी अपने पावकिलो दिमागका इस्तेमाल करेगा वही धनवान बनेगा। यह सूत्र पटनेपर साल २००० में हमारी सालाना आमदनी ५०,००० थी। २००७ तक पहुँचते ५ लाख, २००८ में ७ लाख, २००९ में १० लाख, २००९ से २०१३ तक १० से १५ लाख तथा २०१४ में खेतीमें अच्छे सुधार आनेपर २० से ३० लाख रुपये वार्षिक उत्पाद हुआ। एक बढियासी महिंद्रा स्कॉर्पिओ टॉप मॉडेल कार खरीदी।

सब ठीकठाक चल रहा था। घर में माँ, मैं और मेरा परिवार, भाई और उसका परिवार, सब मिलाकर १० पारिवारिक सदस्य थे। एक नई समस्या अचानक उपस्थित हुई।

भाई के हृदयका वॉल्व बंद हुआ। ऑपरेशन करके वॉल्व बदलना पडा। उसके बाद माँकी आँतोंको सूजन आई। ऑपरेशन करना पडा। उस समय मुझे बहुत टेन्शनमें रहना पडा। अच्छी संगतमें से बुरी संगतमें जाने लगा। खूब कर्जा (ऋण) हुआ। उसी टेन्शनमें गलत रास्तेपर गया। बहुत सारे लोगोंने समझाया, पर किसीकी सुनी नहीं। मेरी दशा ऐसी थी, की 'लोकां सांगे ब्रह्मज्ञान आपण कोरडे पाषण.' दुसरोंको बहुतसा ज्ञान देता था, लेकिन घर में नहीं दे सकता था, कारण मैं दुनिया को बदल रहा था,

लेकिन स्वयं नहीं।

१ जनवरी २०१९ के दिन गणपती दर्शनके लिये गया। दर्शन कर वापस लौटते समय रास्ते में डिवायडरको सटकर खडी हमारी गाडीको आयशर ट्रकने टक्कर मारी। हम बच गये, लेकिन हमारी गाडी का नुकसान बहुत हुआ। मैने ईश्वरसे पुछा, यह मेरेही साथ क्यों हुआ? ईश्वरने कोई उत्तर नहीं दिया, पर मेरे परिवारने और मित्रोंने कहा, की गाडी का दुख ना मनाना। बहनने कहा, की आप सब बच गये। ऐसी १० गाडियाँ लेगा। आप सब बच गये यह क्या कम है? तुम्हें गाडीने बचाया इसका अर्थ स्वयं को बदलना होगा। सदाचरण करना होगा। स्वयंमें बदलाव लाना होगा।

बदलाव लाया और क्या बतलाऊं? मेरा जीवन सुंदर तरीकेसे बदल गया। इसलिये में परिवार का, मित्रोंका, ईश्वरका और सृष्टीका बहुत आभारी हूँ। **धन्यवाद!**

आभार

मैं बहुत आनंदी हूँ, और रहूँगा, क्योंकी दुनियाके समस्त मानव, धरती, वस्तू, प्राणी, हवा, अग्नी, आकाश, जल इ. की वजहसे मेरा जीवन बहुत आनंदी है। इन सबका जितना आभार मानू, उतना कमही हैं।

'चले सफलती की ओर प्रेमसें, आनंदसे' यह किताब सबको खूब भायेगी और इस किताब में हमने जो बातें स्वानुभवमें से बतलाई हैं उन्हें समझकर बहुत सारे लोग अपने जीवनमें बहुत कुछ प्राप्ती कर सकते हैं, क्योंकी हमने घर परिवार का और दुनियाका अध्ययन कर स्वयंमें बदलाव लाकर हम बहुत कुछ प्रगती कर पाए। मैंने सुना था और एक पुस्तकमें पढ़ा था, की हर इन्सान में एक युनिक टॅलेंट रहता है। एखाद अच्छी आदत रहती हैं। मुझ में रही हुई अच्छी आदत यह है, की मुझे दुनियाई लोगोंको मदद करना खूब भाता हैं।

'चले सफलता की ओर प्रेमसे, आनंदसे' यह किताब पढ़कर आपका किसीसे भी झगडा नहीं होगा। जीवन आनंदमय होगा। खूब धन जमा रहेगा। सबसे महत्त्वपूर्ण बात यह है, की आप पुरी दुनियापर, लोगोंपर प्रेम करोगे और जहाँ प्रेम और आनंद हैं, वहाँ लक्ष्मी अर्थात् पैसोंका अधिवास रहता हैं। मैं बहुत आनंदी हूँ, क्योंकी संपादक महोदयनें और प्रकाशक महाशयने दी हुई मदद से किताब प्रसिद्ध एवं प्रकाशित होकर लोगोंको सकारात्मक विचारोंका लाभ होगा। उनकी उत्तम प्रगति होगी। अतः उनके बहुत- बहुत आभार!

मैं मेरे पिता मुरलीधर, माँ साळूबाई वाघ, तीन बहनें बेबी अक्का, छबाबाई और कल्पना आक्का। इन सबका आभारी हूँ। पत्नी वंदना, भाई गौतम, अश्विनी, बेटियाँ पायल, वैष्णवी, बेटे प्रथमेश, साहिल और चेतन इन सबका आभारी हूँ।

मैं मेरे जीवनमें आये हुए गुरू किरण पाटील (पाळेकर) सर, अनिल तिडके, मित्र भारत विधाते, संजय वाघ, गोविंद काठे, शरद मामा, सुनील तिडके, विष्णू काठे, सोपान काठे, चचेरे भाई गोविंद वाघ इन सबका बहुत आभारी हूँ। इन्होंने मेरे जैसे पत्थरको न केवल आकार दिया, चमकभी दी। चमचमानेवाला हिरा (डायमंड) बनाया और डायमंड उपाधी

भी प्रदान की। इसलिये इन सबका बहुत आभारी हूँ, धन्यवाद!

मैं मेरे मामा फकिरा तुकाराम खोडे, जो गुरुतुल्य हैं, उनकी वजहसे आनंदित हूँ। इन्होंने हर समय मुझे अच्छी नसीहत (सलाह) दी। उनको में बहुत आभारी हूँ। जनाकत क्रिएशन्सके (नासिक स्थित) श्री. महेश सोनवणेजी, जिन्होंने किताबका टायपिंग (टंकलेखन) किया उन्हें तथा मराठी (मूल) किताबके हिंदी अनुवादक, नासिक निवासी प्रा. डॉ. एस. एच. मोरेजी इन्हें भी मैं विस्मृत नहीं कर सकता। उन्हें भी धन्यवाद देता हूँ।

जीन लोगोंने हमे जीवनमें तकलीफ दी और हमारे सामने बहुत सारे संकट लाकर रख दिए उन लोगोंकाभी आभारी हूं, क्योंकी उन्होने हमे संकटोंका सामना कैसे करना चाहिये, इसकी सीख दी और मै इन संकटोंका मुकाबला कर सका, जिस कारण मैं कठोर और मजबूत बन सका उनका भी आभारी हूँ, क्योंकी इनकी वजहसे प्रगति कर सका। देवताओं तथा सृष्टी (प्रकृति) की मदद से उपरोल्लेखित सभी लोगोंने तथा पारिवारिक सदस्योंने मेरे जीवनमें और मुझमें बदलाव लाया और इस संदर्भ में मेरी मदद की, उन लोगोंका भी आभारी हूँ।

मैं और मेरा परिवार दुनियाके सकारात्मक किताबोंके लेखक तथा वैचारिक दृष्टिवाले व्यक्तियोंका भी आभारी हूँ।

धन्यवाद!

पाठ १

स्वयंसे आत्मनिष्ठ कैसे रहे?

आत्मनिष्ठता अर्थात् प्रामाणिकता, सदाचरण करनेवाले प्रामाणिक व्यक्तीके रुप में बदलाव लानेका एक कारण, निमित्त एक प्रसंगने सबक के रूप में मुझे सिखलाया। हमारे गाँवके प्रगतशील किसान अनिलभाऊ के बंगलेका काम चालू था। तब उनसे पहली मुलाकात हुई। बातचीत हुई उनसे मित्रता स्थापित की।

उन्होंने १९९७ में खेती व्यवसाय शुरू किया। और मैंने २००० में। वे उत्कृष्ट तरीकेसे खेती करते थे। वे और उनके पारिवारिक सदस्य खूब अच्छी फसल उगाते थे। हमारी आर्थिक परिस्थिती नाजूक थी। व्यावसायिक अनुभव नहीं था। सोचने लगा, मैं भी अन्य प्रगतशील किसानोंकी तरह अच्छी खेती कर सकुंगा? प्रगतशील किसानोंका अनुभव ले रहा था। उन्हींकी तरह मोटरसाइकिल, कार एवं बंगला कब लुंगा? कायम मन में सोच थी।

अनिलभाऊ ने फुलकोबी (फ्लॉवर) की फसल लगायी थी। उस फसलकी रचना मुझे बहुत पसंद आई। मैंने उनसे कहा, 'आपकी फ्लॉवर बहुत अच्छी है। आप बंगले के लिये जो खर्च कर रहे हो, वह सब इस फसलसे निभ जायेगा। ऐसा मेरा विश्वास है!' वे मेरी तरफ देखते ही रह गये। सोचते होंगे, 'फ्लॉवर के पैसे अभी तो मिलनेवाले नहीं हैं। फिर भी यह व्यक्ती ऐसे कैसे बोल रहा है?' उन्हें मेरा कथन बहुत भाया। वे मेरा सम्मान करते रहे। वे भी मुझे करीबी लगने लगे। एक साल खेती में उत्पादन कम आया। तब मैं उनके घर गया और उनसे कहा, 'आपने जिस तकनीकसे अच्छी खेतीका तरीका अपनाया है,

उसी तरीकेसे मैं करना चाहता हूँ।' उन्होंने कहा, 'तू भी तो अच्छी तरीकेसे कर रहा है।' मैंने कहा, 'जितना चाहता हूँ, उतना उत्पाद नहीं हो रहा है।' उसपर उनका जवाब था, '१००% (सौ फीसदी) उत्पाद मिलेगा। और मिलेगा ऐसा विश्वास भी होना चाहिये। हमें अच्छा काम करना चाहिये और उतना विश्वास फसलपर भी रखना चाहिये। अरे सुरेश, मैं तुम्हें एक अंध व्यक्तिकी कहानी बतलाना चाहता हूँ, तुम्हें वह निश्चितही पसंद आयेगी।'

मैंने कहा, 'हाँ, बताईये ना।' 'सुरेश, तुने कभी सुना है क्या, अंध व्यक्तीकी दुर्घटना

हुई है?'

मैने जवाब दिया, 'नहीं, ऐसा कभी सुना नहीं।'

'फिर सुरेश, तुने कभी समाचारपत्र में कभी पढ़ा है क्या, कि अंध व्यक्तीकी कभी दुर्घटना हुई है?'

मैने कहा, 'नहीं।', 'फिर किसकी दुर्घटना हुई, ऐसा समाचारपत्र में पढ़ने को मिलता है?'

मैं-'जिनकी आँखें अच्छी हैं, उन्हींकी ही दुर्घटना सुनी है।'

अनिलभाऊने कहा- 'सही है। फिर ऐसा क्यों होता है, इस बारे में कभी सोचा है क्या, की अंध लोगोंकी दुर्घटना होनेके बजाय जिनकी आँखें अच्छी हैं उनकी क्यों होती है?'

मैं-'हाँ अनिलभाऊ, आपने जो कहा, वह सच है, पर मैं भी सोच रहा हूँ, की ऐसा कैसे होता होगा?'

अनिलभाऊ- 'मैं वही तुम्हें बताने जा रहा हूँ सुरेश।'

मैं- 'बतलाईये अनिलभाऊ।'

अनिलभाऊ- 'तो ठीकसे समझ ले। जब अंध व्यक्ती रास्ते से चलता हैं, तब वह जिसकी आँख अच्छी हैं ऐसे व्यक्ती का हाथ पकडकर चलता है समझो, रास्ते में बड़ा गड्ढा आया, तो गड्ढेमें पहले कौन गिरेगा?'

मैंने कहा- 'नहीं आपही समझाइये ना।'

अनिलभाऊ ने समझाया- 'अरे, अंध व्यक्ती जिस अच्छे आँखवाले व्यक्तीको साथ लेकर चलता हैं, उस कारणसे दुर्घटना नहीं होती। क्योंकी वह दृष्टी (नजर)वाले व्यक्तिपर विश्वास रखकर चलता है। इसलिए जो व्यक्ती जीवन में सफल हुई हैं, उस व्यक्तीपर विश्वास रखकर काम करना चाहिये, फिर वह काम कौनसाभी हो।'

'जीवनमें सफलताप्राप्त व्यक्तिको मालूम रहता है, की वह जिस रास्तेसे गया, उस रास्तेमें कितने काँटे हैं। यदी हमने उसकी सलाह ली, तो सफल होंगे। नौकरी, खेतीहो या व्यवसाय, उस क्षेत्रके यशस्वी लोगोंपर विश्वास रखना चाहिये। हम जो काम करनेवाले हैं उस कामपर विश्वास रखना चाहिये। अपनी खेतीकी फसलपर विश्वास रखे। सबसे महत्त्वपूर्ण बात यह है, कि हमे स्वयंपर भरोसा रहे।'

फिर वे मुझे अंगूरके बगीचे में ले गये। अंगूरवृक्षकी तरफ उंगली उठाकर कहा- 'यह कौनसा पेड़ है?' मैंने कहा- अंगूर 'द्राक्षका।' अनिलभाऊ- 'इसे अंगूर आयेंगे या आम?' मैं-'अंगूर।'

अनिलभाऊ- 'फिर मुझे बतलाओ, अंगूर आनेके लिये क्या करना चाहिये?'

मैंने कहा- 'उसे अच्छी तरहसे जतन करना चाहिये।'

उन्होंने मेरी तरफ देखा और हंसकर कहा- 'काम तो करनाही चाहिये। लेकिन पेड़ोंसे इमानदारी रखनी चाहिये। पेड़ कौनसा भी हो, उस पेड़को लगनेवाला खाद, पानी सब प्रामाणिकतासे देना चाहिये। और उस पेडसे, खेतीसे इमानदार रहना चाहिये। फिर मुझे बतलाओ, तुम अपने कामसे या खेतीसे प्रामाणिक हो क्या?'

मैंने कहा- 'नहीं।'

अनिलभाऊ- 'फिर तेरा उत्पादन कहाँ से बढेगा? दुनियाके सभी पेड़ ईमानदार हैं, कि वे मनुष्यसे कुछ भी नहीं माँगते। वे लोगोंको ऑक्सिजन देते हैं, छाँव देते हैं, फुलफल देते हैं, वे उत्तम कार्य करते हैं, लेकिन कुछ लोग पेड़ोंकी तरह उत्कृष्ट काम नहीं करते। यदी हमने उनकी तरह उत्कृष्ट काम किया, उनकी परवरिश की, तो पारिवारिक सदस्योंकी तरह प्यारसे संगोपन किया तो पेड़ हमसे प्रामाणिक रहेंगे। और हमे अच्छे फल देकर सफल बनाएंगे। हमें अपने कामसे प्रामाणिक रहनाही चाहिये। समझमें आया सुरेश?'

'मैंने 'हाँ' कहा। उन्होंने जो कुछ समझाया अच्छी तरहसे समझमें आया और पसंदभी। मैने उनसे कहा- 'अनिलभाऊ, खूप अच्छी जानकारी दी आपने' और धन्यवाद कहकर वापस आया। रात ७.०० बजे घरमें सोचविचार करते बैठा था। पत्नीने पूछा, 'किस सोचमें डूबे हो?' मैंने कहा- 'कुछ नहीं।' फिर वह बोली- 'बढ़िया भोजन बनाया है। बाजरेकी रोटी और भोजन कर लीजिये।' हमने भोजन किया और रात ९.३० बजे सो गये, पर मुझे नींद नहीं आ रही थी।

पत्नीने पूछा- 'अजी क्या हुआ? अभीतक जगे हो? रातके १२.०० बजे हैं, आप किस टेन्शनमें हो?'

मैंने कहा- 'नहीं, खूब अच्छी सोच में हूँ।'

वह झट् से उठ बैठी और कहने लगी-

'अच्छे विचार! आज मुझे ऐसा लग रहा था, कि कुछ अच्छा होनेवाला है। क्या विचार कर रहे हैं आप?'

मैंने बतलाया, की अनिलभाऊके खेत गया था। उन्होंने मुझे बतलाया, की अच्छा उत्पादन चाहिये तो खेतीसे, पेड़ो- पौधों, फसलसे, स्वयंके कामसे ईमानदार रहो। तो तुमही बतलाओ, हम अपनी और अपनी खेतीसे, कामसे प्रामाणिक हैं क्या? उसकी कुछ समझमें नहीं आया।

मैं- 'अरे, हम पेड़ो को लगनेवाला खाद, पानी, दवाईयाँ सही मात्रा में, सही ढ़ंगसे देते हैं क्या?'

वह बोली- नहीं देते।

मैं- तो अपना उत्पाद कैसे बढेगा यही मुझे अनिलभाऊने बताया।

वह बोली- 'यह कहना तो ठीक लगता है, कलसे इस बात को अमलमें लायेंगे। अनिलभाऊसे पुरी जानकारी लाना।'

मैं- 'पर मेरे मनमें और एक अच्छा विचार आया है?'।

'अनिलभाऊ यदी पेड़ों- पौधों, फसलसे, अपने कामसे इतने प्रामाणिक हैं, तो कुटुंब परिवारसे कितने होंगे?' मेरे सवालके बाद मैंने देखा, तो क्या वह सो गई थी, और थोडी देर में मैंभी।

सवेरा हुआ। उसने मुझे नींदमेंसे जगाया। में भी उठा। स्नान, चायपान हुआ। उसने पूछा- 'अब आगे क्या?'

मैंने कहा- 'जाकर पुछता हूँ उनसे क्या खाद देना है। फिर हमभी वैसाही करेंगे।' मैं सवेरे उठकर सायकलपर उनके यहाँ गया। उनसे पुछा- 'खेतीमें खाद, पानी कैसे दूँ? कैसे प्रामामिक रहूँ।' उन्हें हँसी आई। उन्होंने सब लिखकर दिया। चिट्ठीके मुताबिक खेती कसने लगा। कुछ दिनोंबाद फसल अच्छी उग आई। हम सबको बहुत आनंद हुआ। कारण पहली बार हमारी खेती में बदलाव हुआ था और फसल अच्छी उगी थी।

मैं और मेरे घरपरिवारके लोग एकत्रित बैठे। परस्पर सलाह मशविरा हुआ, की हम लोगोंने जिस तरहसे खेतीमें बदलाव किया। खेतीसे फसलसे ईमानदार है और उत्पाद अच्छा हुआ, ठीक वैसेही हम स्वयंसे प्रामाणिक रहे तो घरकी प्रगती अच्छी होगी।

सबको यह विचार भाये। और हम अपने अपने काममें लगे रहे। खेतीमें उत्पाद खूब आया, साईकिलकी जगह मोटरसायकल आई। पिताजीने जो कर्जा लिया था, वह बँक को चुकाया (अदा किया)। हम सब पारिवारिक सदस्य खूश थे। और एक मजे की बात यह रही, की खेतीमें उत्पाद में बढोत्तरी हुई और परिवारमेंभी सदस्य संख्या चारकी जगह छः हुई। यह सब इसी तरहसे चलता रहे इस भावनासे हमने ईश्वरकी और निसर्ग (प्रकृती) सृष्टी की प्रार्थना की और आभार भी माने।

मुझे इस तरह अच्छी ढाई बातें सीखने को मिली। वे यह, कि हम सब अपने प्रति और अपने कामसे प्रामाणिक रहे। यह यदी हम करते रहेंगे, तो जीवनमें हमें कहीं भी और कौनसेभी काम में परेशानी नहीं आयेगी। वह दो बातें किसीभी काम में उपयोगी सिद्ध होती हैं, फिर वह खेती हो या धंदा व्यवसाय या नौकरी, यदी हम स्वयं से और अपने कामसे प्रामाणिक रहे तो जीवन में निश्चयही सफल रहेंगे। धन्यवाद!

जीवनमें कोनसा भी काम करो, वह खेती हो या व्यवसाय या नौकरी हमें उत्तम काम करनाही चाहिए. क्योंकी...

किसी भी काम नौकरी, खेती और व्यवसाय में अगर उत्तम काम किया तो हमें उत्तम फल मिलेगा और हमे सफलता मिलती रहेगी ।

इस संपूर्ण विषयमें से मिलनेवाला संदेश या सीख-

१ ला संदेश

हम सब स्वयंसे, अपने परिवारसे और अपने कामसे प्रामाणिक रहे, आनंदित रहे। यह करके भी हम सफल हो सकते है।

२ रा संदेश

स्वयंसे प्रामाणिक कैसे रहे यह हमें पेड- पौधें, पशू- पक्षी सिखाते हैं। मनुष्यसे कुछ भी न लेकर स्वंय (निसर्ग) प्रकृतीसे सृष्टीसे संघर्ष करके- लगातार जो अच्छी बातें अच्छी सीख हैं, वही लोगोंको देते हैं।

३ रा संदेश

अंध व्यक्ती आँख से देखनेवालेपर भरोसा करके जैसे आगे चलता है, वैसेही हमें सफल व्यक्तीपर भरोसा करके जीवनमें आगे बढ़ना चाहिये और सफल होना चाहिये।

धन्यवाद!

***

पाठ २

हम खुदही बने अपने जीवनके शिल्पकार!

हम स्वयंही अपने जीवनके शिल्पकार हैं यह बचपनसे बुढ़ापेतक कई बार सुनते हैं। पर हम आत्मनिष्ठासे व्यवहारमें अमल में नहीं लाते। उसमें हमारी गलती भी नहीं। क्योंकी अध्यापकोंसे, पारिवारिक बुजुर्गोंसे वैसेही मित्रोंसेभी बहुत बार सुना रहता है। वही बार-बार दोहराया हुआ हैं समझकर कईयोंके, मनमें यह सुविचार प्रवेश नहीं करता। और मन भी नहीं मानता। उदा.- जैसे रोज रोज खानेपर बैंगनकी सब्जीमें हमारी रुची नही रहेगी वैसेही वही बाते सुन सुनकर उस बातोंमें रुची नहीं रहेगी। ठीक है। अस्तु- हम आगे बढ़े।

हम सभी अपनेही जीवनके शिल्पकार है और आगे भी रहेंगे। वैसे वही बातें बारबार सुननेपर आपको, हमें अरुची रहेगी। हम खुद अपने जीवन के शिल्पकार हैं और हमेशाही रहेंगे। इस बातको दुनियाके जानकार लोगोंने साबीत (प्रमाणित) किया है। इस बारें में बहुतही अच्छे तरीकेसे हम सब जान लेनेवाले हैं। एक नई तरीका जो तुम्हें हमें, हमारे परिवारको पसंद आयेगी और हम खूश रहेंगे।

मेरे पिताजी का ४ अक्तूबर २००० को देहांत हुआ। ४ जून २००२ में मेरी शादी हुई। शादी के बाद सबकुछ ठीकठाक चल रहा था। रोजाना खेती कस रहा था। पैसा प्रचुर मात्रामें (भरपूर) मिल न रहा था। सन २००० में वार्षिक आय (आमदनी) ५० हजार रु., दो सालों बाद २ लाख तक पहुँची। और उसमें वृद्धी हेतू रातदिन मेहनत कर रहे थे। इतनी मेहनत कर रहे थे, की हमारी जगह दुसरा होता तो त्रासदी मानकर खेती छोड़ देता।

हम दोनों भाई रोज २० घंटे काम करते थे। फिर भी मनचाही आमदनी नहीं मिलती थी। हरसाल अलग अलग प्रकारकी सब्जी-तरकारी उगाते थे। परिवार का खर्चा निकल आये इतनी आमदनी होती। लेकिन सुंदर सपना देखनेकी मानसिकता कैसे पुरी होगी यह बार बार सोचता था!

जिंदा रहे इतना पैसा तो भिखारी भी कमाता है। फिर हमें क्या करना होगा? इस बात का विचार नित्यशः मन में आता। मैं, मेरी पत्नी और भाई के विचार इस बारे में मिलते-जुलते थे। उनका कथन था- ''रोजाना २० घंटेके हिसाबसे काम करते रहे तो बहुत दिन जिंदा नहीं रहेंगे। फसल बदल- बदलकर खेती करनी होगी, जिससे १२ घंटे काम करके अच्छा पैसा मिलेगा और सपना भी पुरा होगा।''

पत्नीने कहा- ''अनिलभैयाने जो फसल लगायी हैं वही लगायेंगे।'' थोडे विचारके बाद मैंने कहा- ''उनके खेत जाकर पुछता हूँ।'' अनिल भैया खेती में नहीं मिले। मैं घर वापस आया। उन दिनों मोबाईल फोन नहीं था। १ जून २००३ के दिन वापस उनके यहाँ गया। वे खेत में ही थे। उन्होंने मुझे देखा। और उनके यहाँ गया देख आनंदित हुए। स्मितहास्य किया। मैं भी आनंदित हुआ।

उन्होंने पुछा- ''सुरेश घरगिरस्ती, खेतीबाड़ी कैसे चल रहे हैं?''

मैंने कहा- ''बहुत बढ़िया। थोडा बहुत पैसा बचत में है।''

अनिल भय्याने कहा- ''अरे वाह! बहुत खूब।''

अनिलभैय्याने कहा, कि सन २००० में तुम लोग खेती कसनेके लिये बम्बईसे जानोरी आये। यह समाचार मिला। बहुत खेद हुआ, क्योंकी आप लोग बम्बईमेंही शिक्षा पाकर एखाद अच्छी खासी नौकरी या धंदा या व्यवसाय करते रहेंगे, ऐसा हमें लग रहा था, पर ठीक है। जो हुआ सो हुआ। आगे जो होगा अच्छाही होगा।

''ठीक है। हाँ बोल, क्या काम निकाला था मेरे पास?

में- मुझे आपकी नसिहत चाहिये थी।

अनिल भैया- मैं तुझे उचित नसिहत दुंगा, पर तेरा भरोसा होना चाहिये। बात समझमें आनी चाहिये।'' वे हँसे और मैंभी।

मैने उनसे कहा- ''अनिलभैया, हमारे पास तुम्हारे जैसी गाड़ी, बंगला आना चाहिए। अंगूर (द्राक्ष) की खेती भी तुम्हारे जैसी हो। यही मंशा (इच्छा) हैं। तो तब हम खेतीके बारेमें अच्छी बातचित करेंगे।''

अनिलभैयाने कहा- ''ठीक है। दुंगा तुम्हें उचित नसिहत। पर उसपे तुझे भरोसाभी हो।''

मैंने कहा- ''रखा भरोसा। आपने जैसे अंगूर का काम किया है वैसाही करनेका हैं।''

यह सुनकर वे हँस पड़े। मैंने आत्मविश्वासपूर्वक उनसे कहा, की आपके खेतमें जो अंगूर फिटिंग की है, वैसेही मैं मेरी खेती मैं मेरे सपने देख रहा हूँ।'' मेरा आत्मविश्वास देखकर वे भी धर्मसंकटमें पड़ गये, कि सुरेश को क्या नसिहत दूँ। उन्होंने कहा- ''तू कल ११.०० बजे मुझसे मिल। मैं ठीकठाक समझाऊंगा।'

दुसरे दिन ११.०० वजे अनिलभैयाके पास गया।

उन्होंने मुझे समझाया। अंगूर लगाना हो तो ४० गुंठा क्षेत्रपर २ सालोंमें ३ लाख इतना खर्च आता हैं और उत्पाद तिसरे साल मिलेगा। दो सालतक ३ लाख एवं १ लाख रु. तिसरे साल ऐसे ४ लाख खर्च होंगे। तेरे पास इतना पैसा हैं क्या?'' मैंने कहा- ''नहीं।''

इसपर वे बोले- ''सुरेश तू अंगूर मत लगा।''

मैंने कहा- ''बँकसे कर्जा (लोन) लुंगा और अंगूर बगीचा ठीक तरहसे लगाऊँगा।'' उन्होंने स्पष्ट रुपमें नकारा और कहा- ''देख, तेरी मर्जी।''

मैंने पुछा– ''हमसे नहीं होगा क्या?''

वे बोले– ''खूब जमेगा। लेकिन कर्जे का पहाड़ उठाकर अंगूर बगीचा मत लगा।''

मैने कहा– ''ठीक हैं। मैं सोचता हूँ और मैं घरवालोंसे बात करूँगा।''

और 'धन्यवाद' कहकर घर वापस लौटा।

दूसरे दिन सवेरे पत्नी और भाईने पुछा– ''अनिल भैयाने क्या कहा?'' मैंने कहा– ''उनके कहनेके मुताबिक कर्जा लेकर अंगूर बाग मत लगाना।''

भाईने कहा, ''अरे, यह सब बडे लोग अपने जैसे लोगोंकी प्रगति होगी सुनकर कुछ़ भी झूठ बोलते हैं। अपना सपना हैं ना, अंगूर बाग का। तो चलों, लगाही दे।''

२००३ साल में हमने ५ लाख का कर्जा लेकर ८० गुंठा अंगूरकी बाग लगाई और तीन सालो में हमें अपना पहला उत्पादन ५ लाख रु. मिला। २००५ तक ब्याजसमेत ५ लाख ८० हजार रुपयोंका बँक लोन चुकाया। फिर भी ३ लाख रुपये पूँजी लगेगी यह जब मुझे समझा तब अनिलभैया की याद आई। और हम कर्जे के बोझमें लद गये। तब हमारी मानसिकता खराब हो गई। ऐसा लगा, सब्जी– तरकारी लगाते थे वही ठीक था। घर के सभी की मानसिकता खराब होनेसे मैं खूब सोचता रहता। इस संकटसे कैसे उभरूँ?

हमारे गाँवके पासही हवाईअड्डा हैं। हवाई जहाज हमारे खेतीपर से गुजरते है। तब मैं सोचता, समझो यदि १० लाखोंकी थैली मेरे खेतमें गिरी तो...? उसी वक्त हमारे कुटुंब परिवार में एक सदस्यकी बढ़ोतरी हुई। मुझे बेटा हुआ। नामकरण हुआ मुरलीमनोहर। पुत्र जन्मसे हम सभी बहुत खूश थे।

एक दिन मैं जानोरी गया। वहाँ एक साफसुथरे महँगे कपड़े पहना हुआ एक आदमी लोगोंको बिजनेस प्लॅन बता रहा था। प्लॅन मेरी समझमें नहीं आया, पर वह व्यक्ती प्रसन्नतापूर्वक एवं सच बोल रहा था। इसलिये मुझे ऐसा लगा, कि वह मेरा कुछ़ भला करेगा। मिटिंगके बाद मैं उनसे मिलने गया। उनकी कारके पास बहुत भीड़ थी। लोगोंने उनसे मिलने नहीं दिया। भेंटवार्ता हेतू मैं आगे बढ़ा, लेकिन भीड़ पीछे खिंच रही थी। अतः मिल नहीं सका। थोडी देर में वे निकल गये। उस रात (पुरी) मुझे नींद नहीं आई। हुआ यह था, कि सवेरा कब होगा, उनसे मिलूँगा कब ऐकास उतावलापन सता रहा था।

फिर क्या, सवेरा होनेपर मेरे सारे काम का निपटारा कर जहाँपर वह आदमी बिजनेस

प्लॅन बता रहा था, वहापर सवेरे ८.०० बजे पहुँचा। वहाँ पूछताछ की। कल जो साहब आये थे, वे कौन थे? क्या उनका पता मिल सकता है? फिर दुकानदार व्यक्तिने उनका पता दिया। वे २५ कि.मी. दुरीपर पिंपलगाँवमें रहते थे। उनका शुभनाम था किरण पाटील (पाळेकर) सर और उनकी पत्नीका मिसेस सीमा पाटील (पाळेकर)। मैं उनके घर पिंपलगाँव गया, पर उनकी मुलाकात नहीं हुई। मिसेस पाटील मॅडमने कहा, ''आपका फोन नंबर दीजिये। वे घर आयेंगे, तब उन्हें आपका फ़ोन नंबर दुंगी और फोन करनेको बोलूँगी।'' मैं मेरा फोन नंबर देकर घर निकल आया और उसी दिन श्याम ४.०० बजे किरण पाटीलसरका फोन आया। फोन उठाकर मैंने पुछा, ''आप कौन बोल रहे हैं?'' उन्होंने कहा, ''मैं किरण पाटील।'' मैंने कहा, ''नमस्ते सर!'' सर ने पुछा, ''आप हमारे घर आये थे।'' मैंने कहा, ''आपने हमारे गाँव आकर जो बिजनेस प्लॅन बतलाया वह ठीकसे मेरी समझ में नहीं आया, फिर से समझ लेना है।''

उन्होंने कहा, ''आज तो मेरे पास वक्त नहीं, कल मैं तुम्हें फोन करूँगा।'' मैंने कहा, ''ठीक हैं।''

उनके फोनकी दो दिन प्रतीक्षा की, पर फोन आयाही नहीं। ५ दिसंबर २००६ के दिन श्याम उनका फोन आया। वे बोले, की हम कल फ्रीडम फंक्शन के लिये सुरत जा रहे हैं, तो वहाँ हमारे साथ आ सकोगे क्या?''

मैंने कहा, ''हाँ, जरूर।'' उन्होंने कहा, ''प्रातः ४ बजे तैयार रहना। मैं तुम्हें लेनेके लिये जरूर आऊँगा।''

मैं खूब खूश हुऑ। मुझे रात नींद नहीं आई। ३.०० बजे प्रातः स्नान कर तैयार हुआ। सर सही ३.४५ प्रातः के वक्त मुझे लेनेके लिये आये। मैं उनकी कारसे पिंपलगाँव आया। वहाँसे तवेरा गाडीसे हम कुल ८ लोग सुरत गये। जिंदगीमें पहली बार सूरत शहर देखा। खूब आनंदित हुआ। वहाँ अपने आप पानी गरम करनेवाला झरा देखा। मिटिंगके स्थानपर पहुँचा। मिटिंगमें आये हुए स्त्री- पुरुष एकदम स्मार्ट, काला कोट, साफसुथरे कपडे, टाय पहने हुए थे और पाँवमें काले बूट परिधान किये हुए थे। यह दृश्य देखकर ऐसा लगा, कि में वकिलोंकी मिटिंगमें तो नहीं आया? थोड़ा डर लगने लगा। इतनेमें सरने एंट्री टिकट हाथ में दिया। देखा तो क्या, उसकी कीमत ६०० रुपये थी। मैं पुरे

टेन्शन में आया। ऐसे लगा किरण सरने मुझे फँसाया तो नहीं? अब क्या करूँ? इतने पैसे कहाँसे लाऊँ?

यह २००६ की बात है। सरने सबको मिटिंग हॉल में बुलाया। ६ घंटे कार्यक्रम चलनेवाला था। स्पीकर सपत्निक पहले आये। बादमें सबने हॉलमें प्रवेश किया। पती-पत्नीने खूब अच्छी जानकारी दी। वह सुनकर ६०० रुपयोंका टेन्शन गया। कार्यक्रम संपन्न होकर समापनकी तरफ जा रहा था। वैसे- वैसे मेरा आत्मविश्वास बढ़ता गया।

मनही मन में कहा की ६०० रुपये गये तो गये, पर ६० लाख रुपयोंका आत्मविश्वास मिला। उसमेंभी कुछ स्पीकर और उनकी पत्नियाँ अंग्रेजीमें बोल रहे थे। मुझे अंग्रेजी नहीं आती, फिर भी उनके बोलनेका आत्मविश्वास देखकर मुझे अंग्रेजी समझमें आ रही थी। कार्यक्रममे जैसे-जैसे रंगत आई, मेरा आत्मविश्वास बढ़ता गया। मेरा आत्मविश्वास इतना बढ़ा, कि मैं दुनिया जितुँगा ऐसा लगने लगा। कार्यक्रम का समापन हुआ। सब एकत्रित हुए। मैंभी उसमें शामिल हुआ।

सरने पुछा, "कैसा लगा कार्यक्रम तुम्हें?"

मैंने कहा, "बहुतही अच्छा! यह व्यवसाय में भी करना चाहता हूँ, उसके लिये मुझे क्या करना चाहिये।"

सर बोले, 'तू क्या काम कर सकता है?'

मैंने कहा, "मैं झूठ नहीं बोलूँगा। चोरी नहीं करूँगा। वैसे कुछ़ ना हो, तो सौ प्रतिशत यह व्यवसाय में करूँगा।"

उन्होंने बतलाया, "इस व्यवसाय में झूठ नहीं चलता। चोरी भी नहीं चलती।"

मैंने पुछा, "बहुतही सुंदर तरीकेसे मैं यह व्यवसाय करूँगा, उसके लिये मुझे क्या करना पड़ेगा?"

किरण सर ने कहा, "इसपर हम कल चर्चा करेंगे। अब सब मिलकर भोजन करेंगे और घर जायेंगे।"

हम सबने कहा, "ठीक है सर, चलेंगे।"

दुसरे दिन मैं किरणसर के घर गया और उनसे पुछा, "मैं अब क्या करूं?"

उन्होंने पुछा, "तुम खुद को बदलनेके लिये तैयार हो क्या?'

मैं थोड़ी उलझन में पड़ गया। "खुद को बदलना हैं? मैं तो खराब हूँ नहीं, फिर ये ऐसा क्यों बोल रहे हैं?" कुछ सरसे कहा, "सर ठीक से समझाइये, जिससे कि मेरी समझमें आये।"

सर ने बतलाया, "यह व्यवसाय प्रथम खुदको बदलनेका व्यवसाय हैं, खुद बदलनेके बाद फिर दुसरोंको बदलानेका।"

मै- "फिर मुझमें बदलाव लाने के लिये मैं क्या करूँ बतलाईये।"

यहाँपर काँटें को बर्फी, गुलाबजामून, आईस्क्रिम और केकजैसा खाना लगाया है। पर मछली काँटें को लगाएं गए खाने पर आकर्षित नहीं हुई। मछली को जो खाना चाहिए वह हम उसे नहीं दे रहे है। इसलिए मछली हमारे पास आकर्षित नहीं हो रहीं। ऐसे ही हमने अगर योग्य व्यवसाय या लोगोंके जरुरतोंकी चिजे नही बनाई तो मछली जैसे आदमी हमारे व्यवसाय या वस्तूंपर आकर्षित नहीं होंगे। इससें हमारा व्यवसाय कभी भीं नहीं बढेगा और हम कभींभी अमीर नहीं होंगे ।

जैसे ही मछली को जिनेके लिए जो-खाना चाहिए वो अगर हमनें उसे दिया तो मछली काँटेको लगती है। वैसेही अगर हमने जिंदगी में लोगोंकी जरुरतकी चिजोंका व्यवसाय किया तो वह लोग हमारी तरफ आकर्षित होंगे और हमारा व्यवसाय अच्छा चलेगा । तोही हम सफल बनेंगे ।

उन्होंने समझाया, "खुद के लिये अच्छे कपडे, अच्छे बूट (शूज) खरीद। अच्छे लोगोंकी संगत में आजा।

मै- "यह सब करके मैं आपसे कब मिलूँ?"

उन्होंने कहा, "अगले सप्ताह गुरुवारके दिन मुलाकात होगी। ठीक है ना?"

मै- 'हाँ' कहकर मैं वहाँसे वापिस आया।

दुसरे दिन किरण सरसे नासिकमें भेंट हुई।

उनसे मैंने एक प्रश्न पुछा-

"सर, इस व्यवसायसे मेरा सपना पूरा होगा क्या?"

उन्होंने कहा, "सपने पुरे होंगे, पर तुम्हारी खेती और परिवारको तकलीफ न पहुँचकर इस व्यवसाय में तेरे सभी सपने पुरे होंगे।"

मैंने कहा, "यह तो और भी अच्छा है। बतलाईये, कैसे करूँ व्यवसाय?"

उन्होंने कहा, "तुझे स्वयं को पहले बदलना होगा?"।

मैं, "बदलके तो आया हूँ। यह देखिये ना अच्छे कपडे, बूट, सॉक्स कितने अच्छे हैं।"

उन्होंने कहा- "यह तो तू बाहरसे बदला, अब तुझे अंदरसे बदलना होगा।"

मैंने कहा- "मुझे धर्म बदलना होगा क्या?"

किरण सर- "नहीं, तुझे धर्म परिवर्तन नहीं करना पड़ेगा। तुझे तेरा जो भी सपना है वह एक कागजपर लिखना होगा। तद्नंतर सकारात्मक व्हिडिओ (पिक्चर) देखने होंगे। या सकारात्मक ऑडिओ सुनने होंगे। अच्छी सकारात्मक किताबें पढ़नी होगी एवं सकारात्मक लोगोंके संपर्कमें रहना पड़ेगा। यदी यह बदलाव अंदरसे हुआ तो तुम्हे व्यवसाय, नौकरी या खेतीमें सफलता अवश्य मिलेगा और तुम सफल बनोगे।"

मैं तुम्हें एक अच्छा गणित बतलाता हूँ। यदी वह तेरी समझमें आया तो तू इस व्यवसाय में अवश्य सफल होगा, पर उसके पहले तुम्हेंही बदलना पड़ेगा। वह गणित मैं तुम्हें बतलाऊँ क्या?"

मैं- "हाँ सर।"

"यह गणित है सफल और असफल लोगोंका।"

१) साधन + काम + सपना = असफलता

२) सपना + साधन + काम = सफलता

समझा ना कुछ कुछ सुरेश''

मैंने जवाब दिया- ''यहाँ सभी शब्द एक जैसेही हैं, सिर्फ उनकी रचना (लेखन) अलग हैं, इसलिए सर मुझे ठिकसें बतलाईयें।''

सर- ''यह देख और ठीकसे सुन और समझ।''

साधन + काम + सपना = असफलता

कुछ लोग जीवनमें योग्य साधन तलाशते हैं। वह ढूँढ़ने के बाद उसपर काम करते हैं। फिर छोटे- मोटे सपने देखते हैं। अर्थात् जितना इन्कम उतना सपना और जीवन में सुलह कर लेते हैं, अतः वे लोग असफल रहते हैं, पर सफल आदमी यही सिद्धांत (फॉर्म्युला) अलग तरिकेसे इस्तेमाल करकें अपना सपना पुरा करते हैं और सफल होते हैं। एक अच्छे लेखक है। उनका नाम शिव खेराजी वह अपनी पुस्तक 'यश तुम्हारे हाथ् में' में लिखते हैं की, विजेता अलग कार्य नहीं करते, वे कार्य को अलग तरिकेसे करते हैं, जैसे की-

सपना + साधन + काम = सफलता

सफल लोग पहले छोटे-मोटे सपने देखते हैं, छोटा, मध्यम, बड़ा क्रमसे; फिर उसपर विचार (खूब) करते हैं। यह छोटे- मोटे सपने पूरे करने के लिये अपने पास योग्य साधन है क्या? सोचकर यदी साधन नहीं हैं तो योग्य साधन ढूँढ़ते हैं। फिर उस साधनोंपर उत्कृष्ट काम करते हैं। इसलिए सफल होते हैं। दुनिया में सभी लोग काम करते हैं, यह काम दो तरह का होता है-

१) (Hard Work) खूब मेहनत का काम करनेवाले -

२) (Smart Work) बुद्धीसे काम करनेवाले -

सौ प्रतिशत में से अस्सी प्रतिशत लोग खूब मेहनत का काम करते हैं और बीस प्रतिशत कमाते हैं, इसलिए उनकी स्वप्नपूर्ती नहीं होती। इनमें से बचे हुए बीस प्रतिशत लोग बीस प्रतिशत दीमागसेही ही काम करते हैं और अस्सी प्रतिशत पैसा कमाते हैं, इसलिए उनके सभी सपने पुरे होते हैं और वे सफल लोग सफल होते हैं।

छोटा एवं बड़ा सपना + योग्य साधन + उत्कृष्ट काम = यशस्विता

उत्कृष्ट भक्तियोग + उत्कृष्ट ज्ञानयोग + उत्कृष्ट कर्मयोग = उत्कृष्ट यशोयोग

यहाँ दर्शाया है, उसके अनुसार बड़े सपने देखकर, ज्ञान लेकर उत्कृष्ट कर्म करना चाहिये। फिर हमें हमारा सपना पुरा करने के लिये अच्छी सफलता निश्चयपूर्वक मिलता हैं। यह (सफल) धनवान लोग क्या काम करके पैसे कमाते हैं और सफल बनकर स्वप्नपूर्ती कर लेते हैं। इसका उत्कृष्ट उदाहरण दे रहा हूँ, तो तू ठीकसे सुन, समझले।

किरणसर- समज, हमें नदी या सागर जाकर मछली पकड़नी है तो कौनसा साधन इस्तेमाल करना चाहिये?

मैंने कहा- ''मछली पकड़ने का जाल इस्तेमाल करते हैं। मछली पकड़नेका काँटा भी।''

सरने कहा, ''एकदम सही! समझो, हमने मछली पकड़ने के लिये बढ़ियासा काँटा लिया और लालच दिखाने के लिये मछलीके खाद की जगह गुलाब जामुन लगाया तो क्या मछली जाल में फँसेगी?''

मैं- ''नहीं सर!''

सर- ''फिर बरफी लगाई तो?''

मैं- ''नही सर''

सर- ''फिर जलेबी लगाई तो?''

मैंने कहा- ''नहीं सर''

''फिर काँटे को क्या लगाये?''

मैं- ''सर, मछली खानेका प्रिय खाद काँटे को लगाना होगा। अन्यथा मछली नहीं फँसेगी।''

सरने कहा- ''शाबास सुरेश! सही जवाब दिया तुमने। जो खाना मछली को प्रिय था हमने दे दिया, तभी मछली फंसी, वैसेही यह (सफल) धनिक लोग ऐसा साधन ढूँढ़ते हैं कि, जिसके सहारे लोगोंको प्रिय आवश्यक वस्तुएँ बने। वैसेही दुनियाई स्तरपर जो सफल

लोग समाजको, लोगोंको क्या चाहिए ढूँढ़कर वैसी वस्तुओंका (प्रॉडक्ट) निर्माण करते हैं, जो लोगों के लिये फायदेमंद हो। फिर सभी लोग अपनी पारिवारिक सुविधाके लिये वे वस्तुएँ खरीदते हैं। इसलिये उन वस्तुओंका व्यवसाय करनेवाले व्यापारियोंकी अच्छी बिक्री (सेल) या खपत हो। इस तरहसे सफल लोग दिमागसे (बुद्धिसे) सफल होते हैं और कायम धनवान रहते हैं. अन्यों को भानेवाली वस्तूकी खोज (निर्मिति, आविष्कार) कर लोगोंतक पहुँचानेपर हम भी सफल बन सकते है। कुछ समझमें आया क्या सुरेश?''

मै यह सुनकर मैं चुप रहा। विमनस्कभी बना। मुझे लगता रहा, कि सरकी बातें सुनताही रहूँ। मेरा दिमाग जोरसे दौड़ने लगा, १५० के स्पीड़से मानो, कारण जीवन का छोटा लेकिन साँचा सत्य मुझे दिखाई दे रहा था।

मैंने सरसे कहा- ''सर, आप देवता की तरह मिले। मैं मुझमें बाहरसे और अंदरसे १००% बदलाव लाऊंगा। मैं आपका आभारी हूं सर, धन्यवाद! हम फिरसे मिलेंगे सर'' इतना कहनेके पश्चात् आनंदपूर्वक घर आया।

मैं घर लौटा। ७.०० बजे भोजन किया और शांत बैठा रहा। सोनेके लिये गया, लेकिन नींद उचट गई थी। सरने जो कुछे बतलाया, मनमें उसिका निरंतर विचार चालू था। मैंने खुदको समझाया, सन २००६ मे, मैं २४ साल का हो गया हूँ, लेकिन सीखा तो कुछ भी नहीं। मुझे मेरे लिये और मेरे परिवारके लिये अंदरसे और बाहरसे बदलकर कुछ सफलता हासील करने के लिए कुछ तो करना चाहिये । तब मै मेरे जीवनका शिल्पकार बनूँगा। और सफल हो सकूंगा। धन्यवाद!

इस संपूर्ण विषयमें से मिलनेवाला संदेश या सीख-

१ ला संदेश

काम और मेहनत जरुर करे, लेकिन काम करते वक्त दिमागका (बुद्धि) इस्तेमाल करके करे, क्योंकि सफल लोगोंको (धनवानोंको) ईश्वरने पाव किलो दिमाग दिया है, वैसेही गरीबोंको भी पाव किलो दिमाग दिया है, लेकिन व्यक्ती उसकी दिमागके(बुद्धि) अनुसार काम एवं मेहनत करता है और आगे चलकर सफ़ल बनता है।

२ रा संदेश

हर व्यक्तीको अंदर एवं बाहरसे बदलना चाहिये, इसके लिये सकारात्मक ऑडिओ-व्हिडिओ सुनने एवं देखने चाहिये। सकारात्मक पुस्तक पढ़े, सज्जनोंके सहवास में रहे। तो ही सफल होंगे।

३ रा संदेश

हम दो काम सीख़ते हैं। या तो हार्डवर्क (बहुत मेहनतपूर्वक काम करना) या तो स्मार्टवर्क (बुद्धिसे दिमाग और आत्मासे काम करना)

४ था संदेश

जीवन में सफ़ल होना हैं तो यशस्विताका गणित हमेशा ध्यान में रखे।

उत्तम सपना + उत्तम साधन + उत्तम काम = उत्तम सफ़लता

अच्छा भक्तियोग + अच्छा ज्ञानयोग + अच्छा कर्मयोग = अच्छाही यशोयोग

५ वा संदेश

हर एक को जिंदगी में सफलता, पैसा और सपना पुरा करना है, तो उस व्यक्ती को या हमे समाजोपयोगी वस्तुओंका निर्माण कर उनका व्यवसाय करे, तोही हमारा हर एक का सपना पुरा होगा और हम सफल होंगे। यह सब हम लोगों ने किया, तोही हम सब मिलकर अपने जीवनके शिल्पकार स्वयं बन सकते हैं। और सफल भी।

धन्यवाद! ***

पाठ ३

उम्र मानवी शरीरको रहती है, ज्ञानको नहीं

ज्ञानका ज्ञानेश्वर सिर्फ और सिर्फ ज्ञानेश्वर (ईश्वर) महाराज है।

चले आगे चलते है। मैं सवेरे जल्दी उठकर स्नान करके चाय पीकर खेत में गया। घरके लोग मेरी तरफ लगातार एकटक देख रहे थे, कारण कभी जल्दी न उठनेवाला यह प्राणी प्रातः उठकर खेत कैसे गया। मेरा यह बर्ताव देखकर छोटा भाई मुझसे बोला की, हमें तुममें बहुतही अच्छा बदलाव दिख रहा है। एक दिन तू सुरत गया था, क्या देखकर आया सुरतसे। मैंने उससे कहा- ''सब मिलकर भोजनके लिये एकसाथ बैठेंगे तब बतलाऊंगा।''

खेती का सभी काम निपटकर दोपहर हम सब भोजनके लिये एकत्रित बैठे।

पत्नी ने पुछा- ''तुम्हें एक बात पुछूँ क्या?'' मैंने कहा- ''पूछ।''

पत्नी- ''चार दिनोंसे आपमें बहुत बदलाव दीख रहा है।''

मैंने पुछा- ''तुम्हें क्या बदलाव दीख रहा हैं?''

पत्नीने बतलाया- ''आजकल सवेरे जल्दी उठ रहे हो। दाढी बनाते हो। अच्छे कपड़े पहनते हो। सबसे महत्त्वपूर्ण बात यह है, की खेतीपर जल्दी उठकर जा रहे हो। आपके कामका उत्साह खूब बढ़ गया है। सुरत में कुछ अच्छी सीख मिली या जादूई टोणा-टोटका सीखकर आये हो।''

मैंने हँसकर कहा- ''टोना-टोटका कुछ भी नहीं। अच्छी सीख मिली की, जीवन में

आगे बढ़ना है तो पहले खुद बदलना चाहिये और काममें सफलता न मिल रही हो तो काम करने का तरीका बदलना चाहिये।'' इसलिये मैं स्वयं में बदलाव ला रहा हूँ और तुम भी अपने में थोडा बदलाव करो और एक बात सबको बतलानी है, ठीक से सुनो और समझ लो, की नोकरी, व्यवसाय या खेती कसनी है तो खूब मेहनत करनी पड़ेगी, फिर भी हम सफल (धनवान) नहीं बन सकते।

भाई ने पुछा- ''फिर हम अपने जीवनमें आगे कैसे बढ़ सकते हैं? कैसे सफल (धनवान) बन सकते हैं?''

मैंने कहा- ''हम लोगोंने नोकरी या खेती में मेहनत करते करते यदी दिमागका (बुद्धि) सही इस्तेमाल किया तो जरूर अच्छी नोकरी, व्यवसाय अच्छी खेती करके प्रगतशील बन सकते हैं। एक उदाहरण देता हूँ, जो तुम सबको जँचेगा। सुरतमें मुझे बतलाया गया कि, नाली खोदनेके लिये या घर बाँधने के लिये मजदुरोंकी आवश्यकता होती है। ये मजदूर जो बहुत मेहनत करते हैं, हमसे भी जादा काम करते हैं। फिर भी वे सफल (धनवान) क्यों नहीं बने? इसलिए मेहनत करते समय जो व्यक्ती पावशेर दिमाग का इस्तेमाल करेगा वह दुनियामें सफल (धनिक) बनेगा। आप सबको कुछ समझमें आया क्या?

परिवार के सभी लोगोंने 'हाँ' कहा।

मैंने कहा- ''रात के समय यदी मुझे किरण सरका फोन आया, तो मिटिंगके लिये नासिक जाना पड़ेगा। आप सब अपना अपना काम ठीक तहरसे जारी रखो।''

थोडीही देर में सरका फोन आया- 'अरे सुरेश क्या कर रहे हो?' मैं बोला- ''नमस्ते सर। खेती में काम कर रहा हूँ।'' सर बोले- ''तेरे लिये अच्छी खबर है। अच्छी जानकारी देनेवाला एक २० साल का लड़का नासिक आनेवाला हैं। जिसने खुद में बदलाव लाया हैं। उसने कई लोगोंको जीवनमें आगे कैसे बढ़ना हैं यह सिखाया है। इसके बारे में वे हमें सिखाने आ रहे है। और उनकी बात माननेवालोंको प्रतिमास १ लाख रुपया कमाने का तरीका वे सिखायेंगे। वह २० सालका लड़का किस तरह जीवन में सफल हुआ यह बतलानेवाले हैं। तू भी इस मिटिंगके लिये नासिक आ।''

मैंने कहा- ''हाँ सर, जरुर आऊँगा।''

सरने कहा- ''ठीक है। कल मिलेंगे शाम ८.०० बजे।''

मैं- मैं सोचता रहा की, २० साल का लड़का हमें सिखायेगा कि धनवान कैसे होता है? ऐसा कभी होता हैं क्या? पाठशालामें या रिश्तेदारोंसे कभी कभी ऐसा नहीं सुना। मेरा इगो (अहम) जाग्रत हुआ। "अरे, मैं २४ साल का, मैं जिस मिटिंगको जा रहा हूँ वह २० साल का व्यक्ती मुझे क्या सिखाएगा? देखनाही होगा।" और में मिटिंग गया। मिटिंग शाम ८.०० बजे शुरू हुई। उसके पहले वहाँ हॉलमें खूब भीड़ इकट्ठा थी। और मैं मिटिंग गया। वह व्यक्ती ऐसा क्या सिखानेवाला है यह देखनेके लिये गया था। हॉल खचाखच भरा था। बैठनेके लिये जगह नहीं थी। वहाँ जमा सभी लोग खूश और आनंदित दिख रहे थे। सबसे आखिरी पंक्तीमें आखिरी स्थानपर मैं खड़ा था। उस लड़के का नाम रवी देसाई था। उसे स्टेजपर गेस्ट के नाते आने के लिये होस्टने आमंत्रित किया। उसके स्टेजपर पहुँचते ही सभीने अपनी जगह खड़े होकर तालियाँ जोर- जोरसे बजाकर उनका स्वागत किया। मैं देखतेही रह गया। उन्होंने पढ़ी हुई किताबका एक वाक्य उस सेमिनारमें हमें बतलाया। वह वाक्य ऐसा था-

"आप यदी गरीब घर में पैदा हुए होंगे, तो वह गलती आपकी नहीं, लेकिन आप गरीब रहकर मरते होंगे तो १०० प्रतिशत गलती आपकी हैं।" मैंने कहा- "अरे वा! क्या वाक्य है? यह वाक्य जिस व्यक्तिके ह्रदयको भिड़ेगा वह कभी गरीब नहीं रहेगा। यह वाक्य मेरे ह्रदयकोभी चुभा, पर बताऊँगा कैसे? रवी सरने और एक वाक्य बतलाया, की यदि जीवनमें आगे जाना है या धनवान बनना है तो अपनी (मजदूर) सेना या ग्रुपस्टाफ या साथीदारोंकी सर्वप्रथम मद्द करनी होगी। और वैसा हुआ तोही हम भी जीवनमें आगे बढ़ पायेंगे। और धनवान बनेंगे। रवी सरने एक बात बतलायी, की कुछ समय पहलेकी कहानी है। शायद आप सबको मालूम रही हुई बात आज मैं आप सबको फिरसे बताने जा रहा हूँ।

कछुआ और खरगोशमें होड़ लगी। वह रेस कछुआ हारा, खरगोश जिता। वह १९५० का समय रहा होगा। उस कालके अनुसार वह कहानी ठीक थी। और १९५० से २००० तक और एक कछुआ खरगोशके कहानीकी शुरुआत दोनोंकी शर्यतसे हैं। खरगोश भागदौड़ करते आगे निकलता हैं। उसे हरीभरी पत्तियाँ और गाजर दीखता हैं। फिर वह सोचता हैं कि, मजेमें गाजर और पत्तियाँ खाकर थोड़ा आराम करूँ, क्योंकि कछुआ बहुत मंद चलता हैं। वह जबतक यहाँ तक पहुँचे, शर्यत मैंने जीती होगी। फिर आराम करते

सन १९५० कें पहले लोग जीवन में सिर्फ खुद खरगोश जैसे आगे जा कर सफल होते थें । इसके बाद

सन १९५० से २००० तक कें खरगोश जैसे लोगों की मुर्खता का कछुवे जैसे लोग फायदा उठाकर जीवनमें आगे जाने लगे।

समय कें अनुसार सन २००० के बाद मतलब २१ वे युग में लोग एक साथ मिलकर खरगोश और कछुवेजैसे सफल हो सकते है। इसे टीमवर्क कहते है। यह टीमवर्क करके हम सफल हो सकते है।

हुए खरगोश गहरी नींद में सो जाता हैं। वहाँ पहुँचा हुआ कछुआ खरगोश को देखर आगे निकल जाता हैं और शर्यत जीतता हैं। बराबर यहीं कहानी हैं ना?''

श्रोताओंने कहा- 'हाँ।'

लेकिन रवी सरने कहा- ''यदी खरगोशकी मूर्खता के कारण कछुआ जीतता होगा तो उस जीतसे क्या लाभ? मैं तुम्हें बतलाता हूँ वह २१ वीं सदीके अनुसार बदली हुई कहानी हैं। कछुआ और खरगोश दोनों मित्र हैं। उनमें रेस लगी हैं, पर शर्यताका रास्ता कछुआ तय करता हैं। कछुआ जो रास्ता तय करता है, वह नदी पार का है यह खरगोश को मालूम नहीं। फिर दोनोंमें रेस लगती हैं। खरगोश सोचता हैं, कि मुझे पूर्वजोंकी तरहका बर्ताव नहीं करना हैं। झट् से आगे जाकर पत्ते- गाजर खाकर आराम नहीं करना हैं। तो पहले मुझे रेस जीतनी हैं। रेस शुरू होती हैं। खरगोश जोरसे भागता रहा। खूब आगे निकल आया। लेकिन देखता हैं तो क्या? आगे बहुत विशाल नदी। अब आगे कैसे निकलूं? अभी भी कछुआही रेस जीतेगा। फिर कुछ देर बाद कछुआ आया। हँसते हँसते पानी में उतरा। खरगोश नाराज हुआ। कछुआ पानीमें थोडी दूरतक आगे गया और पीछे मुड़कर वापस आया। कहने लगा- ''खरगोश भय्या, मेरी पीठपर बैठो। हम दोनों मिलकर नदी लाँघकर दुसरे किनारे जायेंगे।'' खरगोश कुछएकी पीठपर बैठा। दोनोंने नदी पार की। फिर खरगोश रेसकी सीमारेषा तक पहुँचकर वहीं खड़ा रहा। थोडी देर में कछुआ आया और उसने कहा- ''तू ने सीमारेषा क्यों नहीं लाँघी?''

खरगोश नें कहा- ''हम पहले जैसा अपनें पूर्वजों की तरह नहीं करेंगे। हम दोनों एकसाथ सफलता की ओर प्रेमसे और आनंदसे पहुँचेंगे। अब हमें परस्पर सोहबतमें आगे चलना हैं। तू और मैं हम एकत्रित आगे निकलेंगे और रेस जीतेंगे।'' ऐसेही हम सबको सफल होना है। इसे कहते है टीमवर्क।

रवी सरने कहानी बतलाकर पुछा- ''कहानी कैसे लगी?'' सभीने तालियाँ बजायी। कुछने शिट्टियाँ फुँकी। मुझेबी बड़ा आनंद आया। थोडी ही देर में सेमिनार खत्म हुआ। किरण सर, उनकी पत्नी सीमा मॅडम और हम सब एकत्रित मिले।

सरने पुछा- ''कैसे थे आजके स्पीकर?''

मैंने कहा- ''स्पीच बढ़िया था। उन्हें देखकर और सुनकर ज्ञानेश्वर महाराजकी याद

आयी। उन्होंने एक सुंदर वाक्य कहा है- वह बतलाऊँ क्या?''

सरने कहा- ''बतलाओ तो सही, सुनेंगे।''

मैंने कहा- ''ज्ञानेश्वर महाराजने कहा था, की मानव के शरीर की उम्र होती है, लेकिन उसके ज्ञानकी कोई उम्र नहीं होती।'' यह संत ज्ञानेश्वर महाराज का वाक्य हैं। वही रवी सरजीसे सुनने को मिला। किरण सरने कहा- ''बहुत बढ़िया'!''

मैंने किरण सर से पुछा- ''रवी सरने हमें बतलाया है कि नीचले स्तरके व्यक्तियोंको बड़ा बनाओ, तुमभी अपने आप बड़ा बनोगे। वह थोड़ा समझाईये ना प्लीज।''

फिर सीमा मॅडमने कहा- तो सुरेश सुन। ''तुने खेती में १० दिन १२ घंटे काम किया तो १० दिनके कितने घंटे काम हुआ?''

मैंने जवाब दिया- ''१२० घंटे काम हुआ।''

मॅडम- ''बिल्कुल सही। यही काम तुने जो १० दिनोंतक किया, वही १२ घंटों के

भीतर या १२ घंटोंमें एकहे दिन में पुरा करना है तो कितने लोग लगेंगे।'' विचारपूर्वक मैंने कहा- ''१० लोग लगेंगे।'' मॅडम- ''बिल्कुल सही, फिर तुने उन लोगोंको क्या देकर उनका समय खरीदा?'' मैं- ''पैसा देकर।''

मॅडमने कहा- ''सही हैं। फिर मुझे यह बता, तुने उनका समय खरीदा या उन्हें?''

मैं- ''उनका समयही खरीद लिया मॅडम?''

सीमा मॅडम- सुरेश ''वह पैसा उन्होंने अपने परिवारके लिये इस्तेमाल किया। उन्हें रोजीरोटी मिली, और तुम्हारा कामभी समयके भीतर पुरा हुआ। इस तरहसे हमे लोगोंका समय खरीदकर टाइम बढाना चाहिए। तब हमारा काम जल्दसे जल्द होकर हमे ज्यादा पैसा मिलेगा। तभी नेटवर्क बढेगा। इसे कहते है Time is Money (समय ही धन हैं) यह संदेश भी मिला। इसमें दोनोंको लाभ पहुँचा। समझे सुरेश?''

मैंने कहा- ''हाँ, समझा मॅडम।''

किरण सर- ''अरे सुरेश, तुझे एक गणित समझाता हूँ, उसे सफलता का गणित कहते हैं। मुझे बता, भारतमें और दुनियामें सफल लोग (धनवान) कौन हैं?'' मैंने कहा- ''टाटा, बजाज, महेंद्रा, धिरूभाई अंबानी, उनके बेटे अनिल और मुकेश अंबानी इतनेही ही मुझे मालूम हैं।'' मैं तुझे अंबानी इनका एक उदाहरण बताऊ क्या?

मैने कहा- हाँ सर!

किरण सर- ''अंबानी के कुल कितने पेट्रोलपंप हैं अंदाजे से?''

मैं- ''तीन हजार के करीब.''

किरण सर- ''सभी पेट्रोलपंपोंपर अंबानी कामपर जाते हैं क्या?''

मैंने कहा- ''नहीं।''

सर- ''फिर मुझे बता, ये धनवान लोग और अंबानी कैसे काम करते हैं मालूम हैं क्या तुम्हें?''

मैंने कहा, ''नहीं।''

सर- ''फिर तुम्हें वे कैसे काम करते हैं।'' यह बताऊ क्या? तुम्हे वह बात बहुत पसंद आयेगी।

मैं- ''निश्चयही सर बताइये।''

उन्होंने जानकारी दी- सुरेश "वे एक सिस्टम और फॉर्म्युला तैयार करते हैं। सामनेवाले व्यक्ती से कहते हैं- "तुम्हारी जगह, पैसा तुम व्यवसायमें लगाओ। हम हमारा नाम (गुडविल) और हमारे पासका फॉर्म्युला तुम्हें देते हैं। उसके बदले में जो भी उत्पाद होगा। उसमेंसे ९६% अपने पास रखना- बाकी ४% हमें हमारा नाम, सिस्टम और फॉर्म्युले के बदले में देना। ऐसी पद्धतीसे व्यवसाय चलता हैं। एक गणित तुझे समझाता हूँ।

एक गणित (व्यावसायिक पद्धती समझानेका)

सर- सुरेश, अंबानीके कितने पेट्रोलपंप होंगे।

मैं- अंदाजसें पुरे भारतमें लगभग ३००० सर।

सर- समझो एक पेट्रोलपंप २४ घंटे खुला रहता हैं, तो १०० पेट्रोलपंपोंके दिन का कितने घंटे काम होगा?

मैं- "रोजाना २४०० घंटे।"

मैं (किंचित रुककर)- "यह तो मुझे नया लग रहा हैं।"

किरण सर- "एक पेट्रोलपंप १ महिने में १ लाख रुपये कमाता हैं तो १०० पेट्रोलपंप कितना कमाएँगे?"

मैं- "१ करोड"

सर- "फिर अंबानी को ४% के हिसाबसे कितने मिलेंगे?"

मैं. "४ लाख।"

सर- "काम करता कौन है?"

मैं- "पेट्रोलपंप का मालिक।"

सर- "एक पेट्रोलपंप १ महिने में कितना कमाता है?" तुम्हारे अंदाजसे

मैं- "१ लाख रुपये।"

सर- "अंबानीने १ महिने में कितना कमाया?"

मैं- "४ लाख रुपये।"

सर- तो ३००० पेट्रोलपंपसे अंबानीको कितने रुपये मिले?

मैं- १ करोड़ २० लाख रुपये मिले।

सर- सिर्फ १ महिनेके १ करोड २० लाख रुपये मिले तो सोचो सालकें कितनें होंगे।

यह होती है नेटवर्क की ताकद।

मे- मेरा यह हिसाब सुनकर सर चकराने लगा।

सर- "यह देख सुरेश, सभी पेट्रोलपंप २४ घंटे काम करते हैं। सभी १०० पेट्रोलपंपोंका २४०० घंटे रोजाना काम होता है। काम पंपवाले करते हैं। अंबानी दिमागसे भरपूर पैसा कमाते हैं। क्योंकी इन्होंने रिलायन्स नामक गुडविल तैयार करके उसका नेटवर्क बढ़ाकर स्मार्ट वर्क किया हैं और पेट्रोलपंपवाले भी आनंदसे वह व्यवसाय कर रहे हैं, कारण उन्हें और अंबानी को पैसा मिलता हैं। समझ कि १०० पंपोंके पीछे १० पेट्रोल पंप बंद पड़े तोभी अंबानी के पैसे में विशेष फर्क पड़ेगा क्या?"

मैं- "नहीं, कारण ९० पंपोंसे पैसा आता रहेगा सर।

सर- "अरे वा! तुझे अब समझमें आया। इसलिये सुरेश तू या हम तेरे कर्मचारी, मजदूर, व्यावसायिक, एवं खेती कामगार इनकी मदद करके हम सब मिलकर आगे बढ़ सकते हैं।"और सफल बन सकते है।

मैं- सर, मुझे आपसे बहुत कुछ सीखने को मिला। मैं अगले सप्ताह की गुरुवारकी मिटिंगमें जरुर आऊंगा।" मैं आपका बहुत आभारी हूँ। धन्यवाद सर!

किरण सर ने कहा- "चल, अपने अपने घर वापस लौटेंगे। समय बहुत हो चुका हैं, फिर मुलाकात करेंगे।

गुड डे सुरेश। प्यारा सा धन्यवाद!

मैं- सर आपको भी प्रेमसें, आनंदसें धन्यवाद।

इस संपूर्ण विषयमें से मिलनेवाला संदेश या सीख-

१ ला संदेश

हम यदि गरीबके घर में पैदा हुए हो तो उसमें हमारी कुछ भी गलती नहीं, लेकिन यदी हम गरीब रहकर मर रहे होंगे तो समझ लो उसमें सौ प्रतिशत हमारीही गलती हैं। इसलिये हमें गरीब नहीं रहना चाहिये ।

२ रा संदेश

संत ज्ञानेश्वर महाराज की सीख है। मानवी शरीर को उम्र होती है; परंतु ज्ञान को कभी भी उम्र नहीं होती (अर्थात् संक्षेपमें हमसे छोटा बच्चा या कहींभी कोइभी मनुष्य हमें अच्छा ज्ञान दे सकता हैं।)

३ रा संदेश

जबतक हम दुसरोंको मद्द नहीं करते, तबतक हम हमारे जीवनमें आगे बढ़ नहीं सकते। सोचकर देखिए ।

४ था संदेश

२१ वीं शताब्दी की खरगोश और कछुवेकी कहानीकी तरह हमे अपने व्यवसाय में रहनेवाले लोगोंको साथ ले चले। उनसें प्रेमसें, आनंदसें रहीए। तभी हम सफल हो पाएंगे।

५ वाँ संदेश

समय का योग्य तरिके से निर्वाह (पालन) कर अन्य व्यक्तियों की मददसे समयका प्रमाण बढ़ाकर जादा पैसा कमाया जाता हैं। सारांश थोडेसे कामकाभी उत्कृष्ट नेटवर्क बनाकर खूब अच्छी तरहसे उत्पादन बढ़ाया जा सकता हैं। ये सब मुद्दे ध्यान में रखकर हम खुदमेंही बदल करे, तभी निश्चयही सौ प्रतिशत लक्ष्यकी तरफ बढ़ सकते हैं। और सफल हो सकते हैं।

धन्यवाद!

***

पाठ ४

बोओगे वही पाओगे

एक दिन क्या हुआ? मैं जैसेही मिटिंगसे आया, वैसेही मस्तिष्क में केवल नेटवर्क का ही विषय। घर के व्यक्तियों को मे हमेशा नेटवर्क के बारे में बतलाता था, पर उनकी कुछ समझमें नहीं आता था। हमने हमारे खेत में सब्जी- तरकारी, गेहूँ, बाजरा आदी फसले ली थीं। एक दिन शांत बैठा और विचार किया, की हम एक बीज बाजरा या गेहूँ बोते हैं, उसके हजारों बीज उत्पन्न होते हैं। इसेही नेटवर्क कहते हैं या मेरी भाषा में असंख्य उत्पाद। घरके व्यक्तियोंका सरल भाषा में समझाया, की हमने यदी १० किलो गेहूँ या बाजरा खेती में बोया तो १००० किलो उत्पाद मिलता है, उसी तरह २० किलो बीज बोनेपर कितना किलो उत्पाद मिलेगा?

मेरी मंडली (पत्नी) ने कहा २००० किलो।

मैंने कहा- 'सही बोला।' इसे कहते हैं खेती के बीज या दानेका नेटवर्क। १ बीजसे १०, १० से १००, १०० से १०००, १००० से १०,००० इस क्रमसे उत्पादन बढ़ता हैं। उसी तरीकेसे नेटवर्कभी। समझाया, तब घरके सभी लोगोंको बात समझमें आयी।

एक दिन खेती में घुमते समय अचानक एक तरकिब सुझी। वही मैने घरवालोंको बताई। यदी ५०० पौधे अनारके लगाये तो एक पेड़ से १००० रु. फीसदी उत्पाद मिलेगा। इस हिसाबसे कुल ५ लाख का उत्पाद होगा। और १००० पेड़ लगानेपर १० लाख। यह कल्पना घरके सदस्योंको खूब भायी। फिर हमने खेत में अनारके १३०० पेड़ लगाये। धीरे धीरे पेड़ बड़े हुए। हम पेड़ोंको अच्छी तरह से जतन कर रहे थे। कुछही दिनोंमें हमारे घर संकटोंका (मुसीबत) मेहमान आनेवाला था।

एक दिन माँ को खूब खाँसी आई। पेट में भी दर्द शुरू हुऑ। हम उसे गाँवके डाक्टर

के पास ले गये। माँ की तबियत जाँचकर उन्होंने एक्स-रे निकालने की सलाह दी। और नासिक जाने की भी। चिट्ठी भी लिखकर दी। डॉक्टर ने माँ के जठर में गाँठ हुई बतलाया और तुरंत ऑपरेशन करनेको कहा।

मैंने मनही मन में ईश्वरकी प्रार्थना की- "यह क्या आफत भेज दी तुने, अब तुही निभा ले इस संकटसे' कहा। फैसला तो मुझेही लेना था। मैंने माँ को अस्पताल में भर्ती किया। घर आया। माँ के भोजन का डिब्बा लेकर अस्पताल गया। रात में बहनको माँ के पास ठहराया। डॉक्टर से मुलाकात की। उन्होंने कहा- "तीन दिन बाद ऑपरेशन करेंगे और सात दिन बाद घर भेज देंगे।"

तीन दिनों बाद ऑपरेशन हुआ। ऑपरेशन ठीक रहा। अगले सप्ताह तक माँ का स्वास्थ्य ठीक हुआ। ११ वें दिन वह घर आई। माँ घर आई इससे घरके सभी लोग, विशेषतः छोटे बच्चे बहुत आनंदित हुए। माँसे मिलने के लिए रिश्तेदार घर आने लगे। इसके दो ही दिन बाद पुनः एक मुसीबत खड़ी हुई। मेरा छोटा भाई गौतमके सीने में अस्थमा भरा था, इसलिए वह हाँफता रहता, उसका दम घटने लगता। उसे अच्छे दवाखाने में दिखाया। डॉक्टर ने बतलाया, कि हृदय का वॉल्व बदलना पडेगा, क्योंकी वॉल्व खराब हुआ है। अब मेरी दिमागी शक्ती कुंठित हुई थी। आगे क्या करना हैं? सोचना बाकी रह गया था।

मैंने डॉक्टर से पुछा- "ऑपरेशन के बाद (वॉल्व बदलीकर) आदमी जादा से जादा कितने दिन जिंदा रह सकता हैं।" डॉक्टर ने १०० सालों का भरोसा दिया। कहा- "अभी के वॉल्व स्टेनलेस स्टीलके हैं। वे ठीक रहे इसलिए खूनमें पतलापन लाने के लिये हमेशा गोली लेनी पड़ती हैं।"

मैं- "कितने दिनों में ऑपरेशन होगा?" डॉक्टर ने कहा- "१५ दिनों में।" मैंने घरवालोंसे सलाह मशोहरेकी बात कहीं। और फोन करके ॲडमिशन के लिये आनेकी बात भी कहीं। मैंने घर आकर सब बातें बताई। घर के लोग बहुत घबराये। मैं भी बहुत टेन्शन में था। घरवालोंसे कहा- "गौतम को ॲडमिट करने के लिये कल ले जा रहा हूँ। किसी को कुछ पुछना है क्या?" गौतम की पत्नीने पुछा, की वॉल्व बदलने के बाद इन्सान पहले की तरह ठीक रहता हैं क्या?

मैंने 'हाँ' कहा, लेकिन यह भी बतलाया, की खून पतला करनेकी गोली रोजाना देनी पड़ेगी। ईश्वरने चाहा तो आदमी १०० साल तकभी जिंदा रह सकता हैं। फिर गौतमकी पत्नीने भी हामी भरी। कहा- "करिये कल अॅडमिट।"

डॉक्टर की अपॉइंटमेंट लेकर हम सब अस्पताल पहुँचे। डॉक्टर ने गौतम को अॅडमिट कर सब तरहकी मेडिकल टेस्ट की और हमसे कहा, की कल ऑपरेशन होगा। मैं डाक्टर से बातें कर रहा था, इतने में किरण सर का फोन आया। मैंने फोन उठाया। और उनसे कहा की, सर मैं अस्पताल में हूँ। मैं आपको थोड़ी देर में फोन करुँगा। और फोन बंद किया। दुसरे दिन फिरसे किरण सरका फोन आया। कहा- "फोन आनेवाला था, किया नहीं? अभी इस वक्त कहाँ हो?" मैंने कहा की, अस्पताल में। उन्होंने पुछ़ा की, "कुछ परेशानियोंमें तो नहीं?"

मैंने कहा- "हाँ, भाईकें हृदयका आज ऑपरेशन हैं।"

सरने पुछ़ा की, बीमारी क्या हैं? तब मैंने बतलाया- "उसके हृदयका वॉल्व खराब हैं। उसीका ऑपरेशन हैं।" सर ने कहा- "ठीक हैं। तू टेन्शन मत ले। सब कुछ ठीक होगा?" थोडी देर रुककर उन्होंने पुछ़ा- "कौन से अस्पताल में?" मैंने नाम बतलाया, अपोलो अस्पताल, नासिक। उन्होंने कहा- "ठीक हैं, तू खुद का भी ध्यान रख।" और फोन रख दिया।

हम सब ऑपरेशन कब होगा इसकी प्रतीक्षा कर रहे थे। तीन घंटों बाद ऑपरेशन सफल हुआ। गौतम को आयसीयू में लाया गया। पाँच घंटोंके बाद वह होश में आया। और उसने हमसे बातचीत की। घर के सभी लोग आनंदित हुए। पर मैं थोड़ी सौच में और टेन्शन में था, क्योंकी कुटुंब परिवार के प्रमुख के नाते सबकी चिंता करनी पड़ती हैं। तिसरे दिन डॉक्टर चेकअप के लिये आये। उन्होंने कहा- "सब कुछ ठीक हैं। दस दिनों बाद पेशंट को घर ले जा सकते हो।" थोड़ीही देर में किरण सर आये। उन्होंने गौतमके तबियतकी पूछ़ताछ़ की। गौतमसे मिलकर वे बाहर आये और कहा की, अब उसका स्वास्थ्य ठीक हैं। हम बाहर प्रतीक्षा हॉलमें बैठे रहे।

किरण सरने कहाँ की, जादा चिंता मत कर। यदी तुमही हताश हुए तो परिवारको कौन संभालेगा? उनकी परवरिश करनेवाला तो तू अकेला ही हैं। तेरी ही तबियत खराब हुई

तो परिवार की तरफ कौन देखेगा? सबको संभाल। खुदपर आपदा आनेपरभी आनंदसे रहने का। दुखी रहकर काम नहीं चलेगा।

लोमड़ी (मादा भेड़िया) अपनी और अपने बच्चोंकी रक्षा करने कें लिए चार शेरोंसे लड़ रही हैं। वैसेही हमें जीवन में संघर्ष करना हैं।

लोमड़ी अपनी और अपने बच्चोंकी रक्षा करने कें लिए जो संघर्ष कर रहीं थी उसको देखकर चारों शेर भाग गए। और लोमड़ीनें अपनी और अपने बच्चों की रक्षा की। ऐसेही हमें अपनी और अपने परिवार की रक्षा करनी होंगी। इसे कहते है, 'मुश्किल हमेशा हराती है, मगर संघर्ष करनेवाला हमेशा जितता है।'

किरण सरने कहा की, तुझे एक कहानी बतलाता हूँ। एक जंगल में एक लोमडी भेड़िया और उसकी लोमडी मादा रहती थी। उनके पाच बच्चे थे। भेड़िया शिकार के लिए जंगले में गया तब मादा बच्चोंके पास थी। उसने देखा की, चार शेर उन्हींकी दिशा में आ रहे हैं। वह घबरायी। उसे उनसे खुद को और बच्चोंको बचाना था। उसने बड़ी ताकद से और हिम्मत से संघर्ष किया। संघर्ष कुछ़ देर जारी रहा। वह पीछ़े नहीं हटती यह देखकर शेर भाग गये। इस तरह मादा भेड़ियेने खुद का और बच्चोंका रक्षण किया। तुझे यह कहानी इसलिये बतलायी की, "मुश्किलें हमेशा हराती हैं, पर संघर्ष करनेवाला हमेशा जीतता हैं।" मादा भेड़ियेके संघर्ष की कहानीसे यही बोध होता हैं। जीवन में संघर्ष कर मुसीबतोंपर मात करनी चाहिए। कहानी बतलाकर उन्होंने बिदाई ली।

मैं चौथे दिन ख़ेत गया। खेती में काम चल रहे थे। घर आया। थोड़े टेन्शन में था। क्योंकी घर में एक महिने में दो ऑपरेशन्स हुए थे, पैसा नहीं था, फिर भी रिश्तेदारोंसे उधार लाया और खेती काम, घर का खर्चा जारी रखा। कर्ज का पहाड़ सिरपर बोझ लग रहा था, बढ़ रहा था। खेती से काम करकें घर आया। टेन्शनमें तो था ही, पत्नी ने हाथ, पैर मुँह धोकर भोजन करने को कहा। मैं भोजन करने बैठा। देखा तो क्या, थाली में काले रंग की बाजरे की रोटी। मुझे थोड़ा गुस्सा आया। सोचने लगा, इतनी देर खेत में काम कर के गेहूँ बोकर आया हूँ, थकाहारा हूँ। बहुत भूख लगीं है और थाली में काले रंग की बाजरे की रोटी परोसी है तुने।

पत्नी ने पुछा- "पिछले साल क्या फ़सल लगाई थी आपने?"

मैं- "मैने कहा, बाजरा"।

पत्नीने फिरसे कहा- "पिछ़ले साल बाजरा बोया, इस साल बाजराही खाना पड़ेगा। इस साल गेहूँ बोया हैं तो अगले साल गेहूँही खायेंगे। जो बोया वही पाया। सच है या झूठ?"

मैने कहा, 'बराबर हैं' कहकर भोजन करने बैठा। पत्नी का गुस्सा तो आया, लेकिन उसकी बात सहीं थी। भोजन पश्चात् खेत चला गया। कुछ़ देर शांत बैठा। पत्नी के कहने का मतलब मन में बारबार आ रहा था, विचारोंका चक्र चालू था। सोचने लगा, पिछ़ले साल बोया, वहीं इस साल पाया। ठीक वैसेही इस साल मेरे मन में अच्छ़े विचार

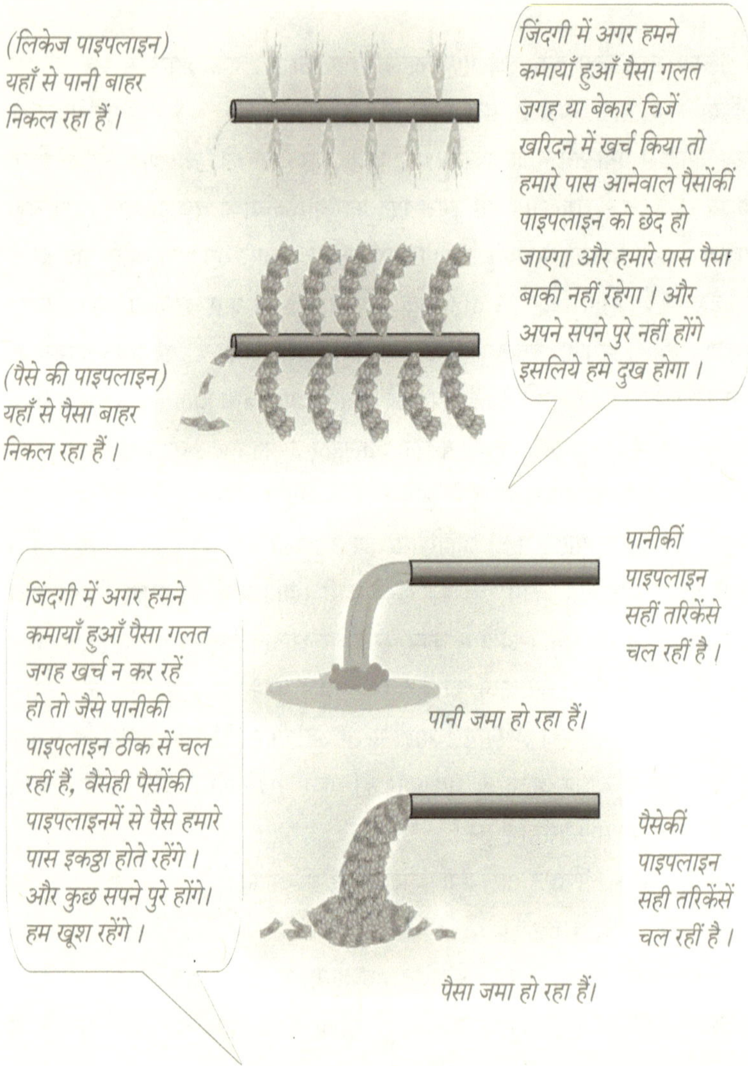

आते रहेंगे तो अगले साल अच्छाही होगा। टेन्शन और क्रोध के बारे में सोचूँ तो अगले साल क्रोध और उदासीनताही हाथ लगेगी। यह बात मेरे दिमाग मैं अच्छी तरह समझ में आई। मैं अच्छे सोच विचार मैं रहने लगा। धीरे धीरे चिंता मुक्तीकी और बढ़ता गया, तो विचारचक्र से बाहर निकल आया। फिर सबकुछ अच्छा लगने लगा। खूश रहने लगा।

थोड़े दिनों बाद भाई को घर लाया गया। सबकुछ ठीक हुआ। मैंने सकारात्मक सोचना शुरू किया। धीरे धीरे अच्छा होने लगा। हमने अनार वृक्षके पेड़को फल लाने का काम अच्छा किया था। इसी साल ईश्वरने हमे संकट दिये, रास्ताभी दिखलाया। २०१४ में १३०० पौधे लगाये। फल बेचनेतक २० लाख रु. का उत्पाद हुआ। अपेक्षा थी १३ लाख की, ईश्वरी दयासे २० लाख मिले। सारा कर्जा चुकाकर कर्जमुक्त हो गये। अलावा इसके एक बढ़िया-सी नौ सीटर स्कॉर्पिओ कार खरीदी। कार खरीदनेसे आनंद हुआ। सोचने लगा, असंभव लगनेवाली बातें संभवनीय हुई क्योंकी पिछ़ले कई वर्षोंतक मेरे विचार बहुतही नकारात्मक थे। धीरे धीरे खुदको बदलने का विचार कर रहा था। खुदसे, घरपरिवारसे और कामसे प्रामाणिक (ईमानदार) रहा। अच्छे सपने देख रहा था। देखे हुए सपने को पुरा करना था। ईश्वरने संकटों के साथ संघर्ष की भी ताकद दी, जिससे अच्छी सफलता भी मिली, क्योंकी हमने हमारे विचार सकारात्मक रखे और मन भी खुश रखा। इसलिये अच्छे अनुभव मिले। इसलिये हमने ईश्वरसे, सृष्टीसे आभार प्रदर्शन कर धन्यवाद कहा।

खरीदी हुई कार लेकर अनिलभाऊ के निवासपर पूजा हेतू गये। कार देखकर उन्हेंभी आनंद हुआ। कहा- ''आप सबने मेहनतसे कार ली, यह देखकर आनंद हुआ। उनके घरकी महिलाओंने कार की पूजा की। अनिलभाऊ खेतों को पानी दे रहे थे। पाइपसे पानी देते समय उन्होने मुझे पुछा की सुरेश ''हम जिस पाइपलाइनसे पानी दे रहे हैं, उसमें १०० छिद्र (सुराख) बनाये तो पानी आगे जायेगा क्या?'' मैंने कहा- ''पानी आगे नहीं जायेगा।''

''क्यों नहीं जायेगा?'' अनिलभाऊ का सवाल।

मैं- क्योंकी पाइपलाइन को बहुत सारे छेद है, उसीसेही पानी बाहर निकल रहा है। इसलिये पाईपसे पानी आगे नहीं जाएगा।

मै- ''सभी छेदोमें से निकलने के कारण'' मेरा जवाब।

अनिलभाऊने कहा की, बात अब तुम्हारी समझ में आई। फिर उन्होंने एक अच्छा विचार बतलाया। ''हमें पैसोंकी भी ऐसीही पाइपलाइन बनानी चाहिए, जिसमें पैसा आगे

गरुड़का बच्चा मुर्गी और मुर्गीके बच्चोंके साथ रहता है । वह मुर्गी को अपनी माँ तथा मुर्गी के बच्चोंको अपने भाई-बहन समझता था । क्योंकी वह गरुड़का बच्चा उस वातावरण में रहता हैं । इसलिए वह वैसा उनके जैसा बर्ताव करता और सोचता है । फिर एक दिन

गरुड़का बच्चा अपनीं माँ मुर्गी से बोलता हैं, की माँ ये जो पंछी आकाश में उँचा उड़ रहा है। वैसे ही मुझे भी आकाश में उँचा उडना है। उसपर गरुड़कीं माँ मुर्गी बोलती है, की बेटा हमारा जन्म आकाश में उँचा उड़नेकें लिए नहीं हुआँ है । हम सिर्फ फुदक-फुदककर, उछलकर खाना खा सकते है। कुछ दिनों बाद

गरुड़का बच्चा मर जाता है । पर उसे यह नहीं पता होता, की मैं भी एक गरुड़ही हूँ, क्योंकी वह गरुड़ का बच्चा अलग वातावरण में रहता था और वहाँ रहकर वैसेही बोलता, सोचता और बर्ताव करता था । ऐसेही कुछ लोग अलग और गलत वातावरणमे रहकर गरुड़जैसा सोचते है। क्योंकी उनको गरुड़जैसे अलग वातावरण मिलता हैं । इसलिए वह लोग सफल नहीं होते।

निकलता रहेगा। तोही पैसोंकी बचत होगी। १०० सुराखें बनायी, तो पैसा आगे नहीं जाएगा, फिजूल का खर्चा नहीं होना चाहिये।'' मैंने उनसे कहा की, आपसे और किरण सरसे हमेशा बहुत अच्छा ज्ञान मिलता हैं। अनिलभाऊने यह भी कहा की, कर्म इतने निर्मल और साफसुथरे हो की, फलभी सुंदर, निर्मल मिले। ''अनिलभाऊ, मैं चलू, कार की और भी कई जगहपर पूजा करनी हैं'' और मैने उनको धन्यवाद कहकर उनके आभार माने। मैं वहासे निकल आया।

कुछ दिनों बाद किरण सर और सीमा मॅडम हमारे घर गौतम और माँ से मिलने आये। इतनी महान हस्ती मिलने के लिये आई देखकर मुझे और घर के सभी लोगों को बहुत आनंद हुआ। माँ और गौतम से मिलने के बाद उन्होंने हमारी खेती देखी। उन्हें हमारा खेत बेहद पसंद आया। उन्होंने कहा की, तुम्हारा खेती कसने का तरीका बहुत अच्छा हैं। मैंने उन्हें बतलाया की, इसके पहले जिस तरीके से खेती कसते थे, उसमें जीतोड़ मेहनत करनी पड़ती थी, पर आप लोगोंके साथ रहकर हार्डवर्क क्या होता है और स्मार्टवर्क क्या है, यह सिखा। इस स्मार्टवर्कसे हमने हमारा उत्पाद बढ़ाया। और कर्जमुक्ती पाकर एक बढ़ियासी कार भी खरीदी। किरण सर ने पुछा- ''अरे व्वा! बहुत अच्छा। कहाँ है कार?''

मैंने कहा- ''कार भाई बाहर ले गया हैं, कुछ ही देर में आयेगा वापस।''

सर ने कहा- ''बहुतही अच्छा काम किया हैं तूने कार ली। तुझे और तेरे परिवारको कार की जरुरत थी ही।'' किरण सरने चाय ली और बातचीत करते बैठे। मैंने उनसे कहा की, जैसेही आपसे मिला, सपनेभी बड़े होते गए। इसपर उन्होंने कहा की, तू जैसे कह रहा हैं वैसे तेरे सपने बड़े हैं और उन्हें पुरा करनेकी कोशिश भी तू करेगा। वैसा आत्मविश्वास तुझमें हैं ही, पर दुनियामें कितनेही लोग ऐसे हैं जिन्हें मालूम नहीं की, उनके भी सपने पुरे हो सकते हैं। इसका एक उदाहरण मै तुम्हे बताऊ क्या?

मैंने 'हाँ' कहा। सर विस्तारसे समझाने लगे- ''एक पेड़ के नीचे एक मुर्गी रहती थी। वह जिस पेड़के नीचे रहती थी, उसी पेड़पर गरुड पंछीकी मादी का निवास था। मुर्गीने और गरुड की मादीने एकही दिन अंड़े दिये, गरुड मादाका एक अंड़ा गलतीसे मुर्गी के घौसले में गिरा। मुर्गी के सात, गरुड का एक ऐसे कुल मिलाकर आठ अंड़े हुए। मुर्गी को लगा वे सभी उसीके हैं और उसने उन्हें सींचा, सभी चूजे बाहर निकले। आनंद से खेलते

कुदते, दाना चुगते बड़े होने लगे। ऐसा रोज होने लगा। मुर्गी के बच्चों के साथ पलनेवाला गरुड का बच्चा एक दिन आसमान में देख रहा था। उसे उड़नेवाले चील- कौवे, चिड़िया, कबुतर आदी दिखायी पड़े। उसे बड़ा आनंद हुआ। इसी आनंदमें देखा कि, एक सुंदर पक्षी आसमान में उड़ रहा था (ऊंचाईपर)। उसे भी लगा की, वह भी उड्डाण करे।

मुर्गी के बच्चों से कहने लगा- "चलो, हम भी उस उँचाई पर हवामें उड़नेवाले सुंदर पक्षी की तरह उड़ान भरे।" बाकी चूजोंने हँसते हुए कहा- "अरे पागल हैं क्या? वह गरुड पक्षी हैं। वह ऊँची ऊँची उडानें भरता हैं। उनका जन्म इसलिए हुआ हैं। हमारा जन्म तो जमीनपर चलनेके लिये और जमीनपर उगनेवाले और उपलब्ध अन्न, कीडे-मकोडे खानेके लियेही हुआ है। हम गरुड की तरह उड़ान नहीं भर सकते।" इतना कहकर वे आपसमें खेलने लगे। एक दिन क्या हुआ। मुर्गी चूजों के साथ दाना चुग रही थी। कुछ़ आपसमें खेल रहे थे। गरुडका बच्चा शांत भाव से आसमान की तरफ देख रहा था।

मुर्गी उसके पास गई और कहने लगी- "क्या रे बेटा, क्या देख रहा हैं। बाकी चूजों के साथ खेलता जा।" गरुड के बच्चेने मुर्गीसे कहा- "माँ, वह देख, आसमानमें वह पक्षी कितनी ऊँचाईपर उड़ रहा हैं।" माँ ने आसमान में देखा, उड़नेवाला गरुड पक्षी था। चूजा बोला, "माँ, मुझे भी उनकी तरह आसमान में उड़ना हैं।" माँ ने गरुड़ के पिल्ले से कहा- "बेटा, हमारा जन्म तो जमीनपर फुदकने के लिए, इधर उधर जमीनपर चलनेके लिये हुआ हैं। हम इतनी ऊँचाईपर उडान कभी भी नहीं भर सकते।"

धीरे- धीरे गरुड़ का वह बच्चा मुर्गी के चूजोंके साथ बड़ा होता गया। और कुछ़ दिनों बाद मर गया। गरुड़ के बच्चे को यह मालूम नहीं था की, वह भी आसमानमें ऊँचाईपर उडानें भर सकता हैं, क्योंकी वह एक गरुड़ही हैं। जिस माहौल में पालपोसकर वह बड़ा हुआ उसीमें उसका माइंड सेट हुआ था। इसलिये उसने कोशिश ही नहीं की। नकारात्मक विचारोंके बिंबांकनके (वातावरणके) कारण ऐसा हुआ था।" इतने कथन के बाद सरने पुछा- "क्यों, कैसी लगी तुम्हें यह कहानी?"

मैंने कहा- "बहुतही अच्छ़ी सबक (सीख, संदेश) देनेवाली कहानी है सर।"

सर ने कहा- "दुनियामें खूब सारे लोग ऐसे दीखते हैं, यदी उन्होंने कोई सही सोच, सही कार्य नहीं किया तो सफल नही होते। तो हमें सही सोच सही कार्य करके जीवनमें

सफ़ल हो सकते हैं। कुछ केवल कहते हैं– ''मैं यह काम करूँगा, वह काम करूँगा ... लेकिन प्रत्यक्षतः कुछ़ भी नहीं करते। यदी उन्होंने कुछ़ अच्छ़ा काम (कार्य) किया तो वे भी सफल हो सकते हैं।'' किरण सरने हँसते हुए कहा– ''चलो, गपशप बहुत हुई। दिन (समय) कहाँ से कहाँ गया, कैसे बीता समझाही नहीं।'' मैंने सरसे कहा– ''सर ऐसा लगता हैं, आप बोलतेही रहे और हम सुनतेही रहें। कुछ़ सीखते रहे।''

सर ने कहा, ''चलता हूँ। फिर मुलाकत होगी। आज का दिन तुम्हारा शुभ हो, मंगल हो। धन्यवाद!

मै– सर हम सब आपके बहुत आभारी है। धन्यवाद !

इस संपूर्ण विषयमें से मिलनेवाला संदेश या सीख-

१ ला संदेश

'मुश्किलें हमें हमेशा हराती हैं, पर संघर्ष करनेवाला हमेशा जीतता हैं।'' न घबराते हुए अपना उत्कृष्ट कोशिश और कर्म करते रहे, परेशानियाँ (समस्यायें) आती हैं, उन्हें मात देनी चाहिए। और हार के बादभी जित होती है।

२ रा संदेश

हम हमारे जीवनमें जो देखते हैं, सुनते हैं, बोलते हैं वैसाही जीवनमें घटित होता हैं, फिर हम भला बोलते रहे या बुरा, भला सुनते रहे, या बुरा। भला देखते रहे या बुरा। हमारे जीवन मैं वैसाही घटित होगा। इसेही कहते हैं- ''जैसा बोया, वैसा पाया।''

३ रा संदेश

हम हमारे जीवनमें जो पैसा कमाते हैं, वह फिजूल में खर्च ना करे। पैसोंकी पाइपलाइन को सीधेसाधे रास्ते से लेकर सरल चले। विनाकारणसे पैसा खर्च करने के छिद्र बनाते रहे तो अपने पास पैसा बाकी बच नहीं पाएगा। जरूरत हो, तभी पैसा खर्च करना। जरुरत ना हो तो मत खर्च करना। पैसा बचाकर हमारे कुछ सपनें पुरे होंगे।

४ था संदेश

हर एक इन्सान जो निश्चय करेगा, पा सकेगा। उस इन्सान को मालूम होना चाहिए की, जाना कहा हैं। किस साधनसें हम सफल हो सकते है, वह पैसा कैसे कमा सकता हैं। इसके लिये उसे १००% कोशिश करनी होगी, क्योंकी कोशिश करनेवालेको ईश्वरका भी हमेशा साथ रहता हैं। जैसा अब हमें है।

५ वा संदेश

हम जिस वातावरणमें रहते है, जिस संगतके गुणोंमें रहते हैं, वैसाही हम बनते हैं । इसलिए अच्छे गुणी लोगोंके साथ रहना चाहिए। सकारात्मक सोच, सकारात्मक किताबे, सकारात्मक व्हिडीओ, सकारात्मक संगतमें रहकर, पढकर हम जरूर सफल हो सकतें हैं।

***

पाठ ५

'धन्यवाद' कहकर स्वयं में परिवर्तन कैसे होगा?

हम सभी आनंदित हैं और आप सभीको खूब खूब धन्यवाद, क्योंकी आप अपने लिये और अपने परिवारके लिये एक अच्छी किताब पढ़ रहे हैं, इसलिए आपका बहुत धन्यवाद!

जब हम किताबें पढ़ते थे तब लेखक का क्या कथन हैं मालूम नहीं पड़ता था, क्योंकी हम वह पुस्तक दिल लगाकर नहीं पढ़ते थे, इसीलिये वह समझ में नहीं आती थी। अभी और मजेदार बातें हैं। उनमेंसे आपको अच्छा सबक सिखनें मिलेगा की, सरल, सुबोध बातें हमें कभी कभी समझमें नहीं आती। उनमें से कुछ शब्द ऐसे रहते हैं, जिन्हें बोलनेके बाद सकारात्मक क्रिया होकर सामनेवाली व्यक्ती को वे शब्द अच्छी तरहसे समझमें आते हैं और वह बहुत आनंदी होकर हमे मदद करता है। चलिए, इस बात को अच्छी तरह से समझ लेंगे।

मैं सवेरे उठकर खेतोके काम पुरे करके गाँव में आया। मुझे अच्छी तरहसे याद हैं वह रविवार था। सब दोस्तलोग गाँवमें मिले। कुछ को रविवार की छुटी थी। सहज स्वाभाविक रुपसे गप्पे हाँकते समय पता चला की, एक दोस्त ने दुसरेसे १०० रु. उधार लिये थे। जिसके पाससे रुपये लिये वह भारत और जिसने लिये थे वह गजीराम। तो गजीरामने वे १००/- रु. इतने प्रेम और आनंदसे भारतको लौटा दिये, खूब आदरभावसे लोटा दिये, बार-बार धन्यवाद कहते हुए। सुनकर हमें ऐसा लगा की, यह पागल तो नहीं हुआ? या हमारे देखने- सुननेमेंही कुछ असावधानी या गलती हैं।

फिर हमने उससे कहा की, गजीराम आज तू खूब खूश लग रहा हैं। चल, हम सबको एकेक चाय पिला दे और तू भी ले। तब गजीराम हँसते हँसते हमारे पास

बैठा. फिर मैंने उससे पुछ़ा की, गजीराम तुम काम क्या करते हो? गजीराम बोला, मैं पेट्रोलपंपपर काम करता हूँ। मैने कहा- ''अरे वा! तू तो बड़ा अच्छा काम करता हैं। और खेती कौन देखता हैं?''

वह बोला- ''मेरा छोटा भाई खेती के सभी काम देखता हैं। मैंने उससे कहा की, अरे तुने खूब आदर सम्मानसे और प्यार से भारत के १०० रुपये वापस लोटाये। यही तरीका मुझे बहुत पसंद आया। फिर वह बोला की, अरे, वह तो एक आदतसी हुई हैं। उसमेंभी एक मजा हैं। मैं जहाँ काम करता हूँ वहाँ एक ४० वर्ष की लेडी रोज पेट्रोल डालने आती हैं। २०० का डाला या ५००/- का पेट्रोल डाला, तो भी वह बड़े प्रेमसे और आनंदसे पैसा देकर फिर धन्यवाद भी कहती हैं। उनका कथन मुझे बहुत पसंद आता हैं। पेट्रोलपंपपर बहुत सारे लाग पेट्रोल डालने आते हैं, लेकिन कोई भी इतने प्रेमसे हमें धन्यवाद नहीं कहता। सिर्फ वही औरत कहती हैं। और हमेशा खूश दिखती हैं। बादमें हमने चायपानी लिया।

मैंने भी गजीरामको देखकर चायके पैसे देते समय एक बार चायवाले को पैसे बड़े प्रेमसे और आनंदसे दिये। धन्यवादभी कहा। चायवाला बोला- ''इसमें कैसे धन्यवाद, यह तो हमारा रोजकाही काम हैं। हमारा काम हम प्रामाणिकतासे करतेही रहेंगे। अच्छा मालिक, चाय कैसी लगी?'' मैंने मन में कहा- ''चाय तो बढ़िया नहीं थी। पर मैं फिर भी बोला चाय बहुत अच्छी थी। धन्यवाद! मे फीर वापस आया तो खास चाय पीनेके लियेही आऊँगा।'' गजीरामसे कहा- ''चलो, आता हूँ। फिर मिलेंगे। (गुड डे) शुभ दिवस।'' वहासें घर वापस आ गया।

दो दिनों बाद मैं फिर एक बार चायवाले की दुकानके सामने खड़ा था। उस चायवालेने आवाज लगायी, 'आईये मालिक!'' मैंने कहा- ''हाँ आता हूँ'' कहकर उसकी दुकानपर गया। मेरे पहुँचतेही उसने तुरंत टेबल साफ किया, बढ़िया सी चाय पिलायी, ग्लास भरके। मैं चाय पिते समय विचार करने लगा की, इस चायवाले को हुआ क्या हैं? जो मुझे इतनी सेवा दे रहा हैं। फिर थोड़ी देर में मेरे ध्यान में आया की, कुछ दिन पहले मैंने इसकी प्रशंसा की थी और धन्यवाद कहा था। मैंने सोचा की, अरे मैंने इस चायवालेको दो शब्द 'धन्यवाद'के कहे, अच्छे शब्दों में बोला तो

इतना खूश हुआ यह चायवाला। यदी मैं रोज और हमेशा बोलूँगा तो कितने लोगोंको अच्छा लगेगा। थोडीही देर में गजीराम दिखायी दिया।

मैंने उसे पुकारकर बुलाया। मैंने उससे कहा की, मुझे तुम्हारी थोड़ी मद्द चाहिये। उसने पुछा कि क्या मदद चाहिए। मैंने कहा की जो मॅडम तुझे धन्यवाद कहती हैं उस मॅडमसे मिलना हैं। उनसे आधे घंटेका वक्त चाहिए। उसने पुछा की, क्या काम हैं? मैंने कहा-" अरे गजीराम तू जैसे भारत को धन्यवाद कहा, वैसेही मैंने भी चायवाले से कहा। उसने बहुत खातीरदारी की, चाय भी पिलायी, सेवा की। कुछ भी कर यार, जो मॅडम तुम्हारे यहा पेट्रोल भरवाने आती है, उनसे एक घंटे की मोहलत मॅड़मसे ले। मेरी तुझसे यही प्रार्थना हैं। गजीरामने कहा- "ठीक है, फिर मिलेंगे- धन्यवाद!"

मैं घर आया। थोड़ी देर बैठा। पत्नी ने मुझसे पुछा की, भोजन करेंगे क्या? मैंने हाँ कहा और भोजन करने बैठा। मैने भी उससे धन्यवाद कहा। मेरी तरफ देखते देखते वह अंदर चली गई। सोचती होगी की, आज यह नया क्या अनुभव कर रही हूँ? भोजन पश्चात खेतपर चला गया। खेती बहुत अच्छी थी। उत्पाद भी बढ़ चुका था, इसलिए मैं हमेशा खूश था। अभी मुझे सभी बातें अच्छी घटित हो रही हैं ऐसा लगा। दो दिनों बाद गजीराम का फोन आया की, अरे वह मॅडम सरकारी नौकरी करती हैं, इसलिए दिन में वक्त नहीं मिलेगा, इसलिए शामको घर बुलाया हैं।

मैंने कहा, "ठीक हैं, आज शाम जायेंगे मॅड़मके घर, चलो फोन रखता हूँ, धन्यवाद।" मैं गाँव में आया और गजीरामकी प्रतीक्षा कर रहा था। थोडीही देर में गजीराम भी आया। हम दोनों उसके मोटरसाइकिलपर बैठकर पिंपलगाव गए। मॅडमके घर गए। दरवाजे की बेल बजायी और मॅडमने दरवाजा खोला। मैं देख रहा हूँ तो क्या सामने किरण पाटील सर की मिसेस। उन्हें देखकर मुझे बहुत आनंद हुआ। मॅडम बोली- "भीतर आईये।" भीतर आने के बाद उन्होंने पुछा की, चाय लेंगे या भोजन करेंगे।

हमने कहा- "चाय लेंगे मॅडम" फिर मॅडम चाय बनाकर लायी। और हमने गपशप की। मॅडम बोली- "बोल गजीराम, काम क्या था?" गजीरामने कहा- "मॅडम सुरेश आपसे मिलना चाहता था।" मॅडम हँस दी और बोली- "मैं सुरेशको

ऐसे बात करेंगे तो लोग यहाँ काम करने के लिए तैयार नहीं होते ।

यहाँपर ऐसी अच्छी बात करनेसें लोग मदद करने के लिए तैयार होते है । वो मदद न कर सका तो वह कौन कर सकता उनका नाम बताता है।

बहुत दिनोंसे पहचानती हूँ।''

गजीराम- ''क्यों सुरेश, यह सच है क्या?'' मैंने कहा- ''बिल्कुल सच हैं।'' ''फिर तुने फिर भी मुझसे क्यों कहा की, मुझे मॅडमसे मिलना हैं।'' मैंने कहा- ''अरे गजीराम मुझे ऐसा लगा की, जो मॅडम सामने वाले व्यक्ती को धन्यवाद कहती हैं और उसे आनंद मिलता हैं। उनसे मिलकर पुछना चाहता हूँ की, ऐसा इस धन्यवादमें क्या हैं, जो सुनकर सामनेवाले को आनंद मिलता हैं। यह मॅड़म तुम्हें भी धन्यवाद कहती हैं, उनकी मुलाकात करा दे, पर मुझे क्या मालूम की, वे सीमा मॅडमही होगी। यहींपर धोखा खा गया मैं, किसी व्यक्ती को धन्यवाद बोलने सें वह व्यक्ती हमारी अच्छी तरहसे देखभाल करता हैं ऐसा उस शब्दमें क्या हैं यह तो बतलाईये सीमा मॅडमजी, वहीं पूछने के लिये आपकी तरफ आया हूँ।''

सीमा मॅड़म बोली- ''तुम जो कह रहे हो, सही हैं। उसमें बहुतही अच्छा सकारात्मक विचार हैं। यह तुम्हें ठीक तरहसे सुनना और समझ लेना होगा।'' मैं- ''बतलाईये मॅडम, वहीं तो सुनने आये हैं हम।''

मॅडम- ''देख सुरेश, दुनिया में दो तरहके इन्सान जीते हैं अथवा इन्सानोंके दो प्रकार हैं। एक रईस, एक गरीब। यह धनवान लोग करते यह हैं, कि किसी व्यक्ती को किये हुए काम का मेहनताना देते समय या किसी व्यक्ती से पैसा देते या लेते समय खूब प्रेमसे और आनंदसे लेते देते हैं। यह प्रकृती (सृष्टी या दुनिया) जो चलाता हैं उसे लोग देवता या ब्रह्मांड कहते हैं। यह सृष्टी हमें प्रेमसे और आनंदसे जो देती हैं, उससे कई गुना जादा पैसा वह हमें देती हैं, फिर वह प्रेम हो या पैसा या आनंद। जो कुछ हम दुसरोंको दोगे, वही वैसाही हमेंभी मिलेगा। इसलिए इसके आगे भविष्यमें किसीको भी कुछ अच्छा देते समय और अच्छा कुछ लेते समय आनंदसे और प्रेमसे 'धन्यवाद' कहना चाहिए, जिससे वह कई गुना जादा के रुपमें मिलेगा। समझमें आया क्या सुरेश और गजीराम तुम्हें?'' दोनोंने कहा – हाँ।

मैंने नम्र भाव से पुछा- 'एक बात बोलूँ क्या मॅडम?' मॅडमने कहा हा! मैं- यदी धन्यवाद इस एक शब्दमें इतनी ताकद हैं, तो ऐसे अन्य कई शब्द हैं क्या, जिनका हम अच्छे काममें उपयोग कर सकते हैं? सीमा मॅडम- हाँ, ऐसे खूब सारे शब्द हैं।

शब्द वहीं, वाक्य वहीं और अर्थ भी वहीं। उपयोग थोडा अलगसा करनेपर काम खूब अच्छा होता हैं। उदाहरण के तौरपर- शब्दों का फर्क-

- परेशानी, अडचन : समस्या
- संकट : चॅलेंज
- काम : मदद
- कर्जा : लोन
- Thank You : आभारी हूँ, धन्यवाद

किसी व्यक्ती की गलती दिखलानी हो तो पहले उसकी स्तुती (प्रशंसा) करना, फिर उसकी गलती बतलाना। ऐसे कितनेही उदाहरण हैं, लेकिन हम इन थोडे ही उदाहरण के बारे में बोलेंगे। तुम्हें सीखने को या सुनने को अच्छा लगेगा क्या? हम दोनों बोले- हाँ,. बतलाईये सीमा मॅडम।

सीमा मॅडम- समझ लो हम हमारे घर में या अपने काममें रहते समय कुछ अडचनें या मुसिबतें आई और किसीने पुछा- 'क्यों रे, तू बहुत टेन्शन में दीख रहा हैं।' तब हम उससे कहते हैं की, 'अरे, मैं थोडी अडचन में हूँ या खूब बडे संकट में हूँ।' सामनेवाले व्यक्ती से पूछते हैं वह सही हैं क्या? हमने कहा- सही हैं, फिर मॅडम बोली- नही उसके बजाए 'वह सामनेवाला व्यक्ती जब पूछता है, तब हमें बताना चाहिए की, थोडा या जादा चॅलेंजमें हूँ, और हम इस चॅलेंजका किस तरह सामना करके बाहर आ सकते है इस सोचमें मैं हूँ। तो यह वाक्य सकारात्मक क्रिया करनेवाला हैं, समझे?'

हम दोनें ने कहा- 'हा मॅडम।'मॅडम, 'हाँ अब तीसरा शब्द।'यदी हमें किसीसे कुछ काम करवा लेना हैं तो वह कैसे करवा लेना होगा? इस मदद शब्द सें अच्छी तरह करवा ले सकते हैं। वह कैसे? हम किसी व्यक्तिसे बोलते हैं की, अरे, मेरा तेरे पास एक काम हैं, तब उस मनुष्यका मन बोलता हैं की, इस मनुष्य का मेरे पास क्या काम होगा? मैं इस मनुष्य का नौकर हूँ क्या? यह मुझे क्या काम बता रहा हैं। उस मनुष्य का मन 'काम' यह शब्द सुनने को तैयार नहीं रहता। इसलिये तुम कितनाभी मीठा बोले तो

भी उसका मन हमारे कामकी तरफ या हमारी तरफ ध्यान देना टाल देता हैं। यदी आप ऐसा कहें, की सर नमस्ते, मुझे आपकी मदद चाहिए थी, ऐसा बोलते तो सामनेवाले व्यक्तिका मन आपको मदूद करने को तैयार होगा। लेकिन काम करने को तैयार नहीं रहता। समजो, वह व्यक्ती मदद नहीं कर सकती, तो बोलकर समझाता हैं की, दुसरा एक विशिष्ट आदमी कर सकता हैं। आप उसका नाम और फोन नंबर लिजिए। ऐसा फर्क एक शब्दसे पडता हैं।

चौथा शब्द ऐसा की, आप जब बँक से कर्जा लेते हैं। तो कर्ज को कर्ज मत कहना। उसकी जगह लोन कहना। हम लोगोंसे कहते हैं की, हमें कर्ज चुकाना हैं। उसकी अपेक्षा ऐसा बोलना चाहिए की, हमें लोन की भुगतान करनी हैं। ऐसा बोलना चाहिए। कुछ समझे क्या सुरेश और गजीराम?

हमने कहा की, मॅडम यह हमें स्कूलमें क्यों नहीं सीखाया? ऐसा लगता हैं कि यह व्यवहारमेंही सीखनो को मिलता हैं। यह अभी समझे। दुसरा यह की, किरण सर कहाँ हैं? सीमा मॅडमने कहा की, वे बम्बई गये हैं। आप कुछ नाश्ता करिये। हमने कहा की, मॅडम अब हम घर जाते हैं। क्योंकी अंधेरा होनेवाला हैं। घरके लोग हमारी प्रतीक्षा कर रहे होंगे। चलते हैं मॅडम, धन्यवाद। मॅडमने कहा 'शुभ रात्री!' हमने भी कहा, मॅडम हम आपके बहुत आभारी है। धन्यवाद 'शुभ रात्री।'

हम घर ८.०० बजे पहुँचे। कुछ समय टी.व्ही. देखा और भोजन करके घुमनेके लिये बाहर गये। घुमते समय मन में कहा की, सीमा मॅडमने जो कहा, उन शब्दोंके प्रयोग में करके देखूँ। मैंने मित्रको फोन किया- 'अरे भारत नमस्कार! क्या चल रहा हैं?' मैंने कहा- 'अरे भारत मुझे तेरी मदद चाहिये थी।'उसने पुछा- 'अरे सुरेश, बोलना तुझे क्या मदद चाहिए थी?' मैंने कहा की, मुझे खेत में काम करने के लिये १० मजदुरोंकी आवश्यकता हैं। खेत में काम करना हैं।

वह बोला- 'अरे, कल नासिक जा। वहाँ बहुत सारे मजदूर खेतकाम की प्रतीक्षा में रहते हैं, मिल जायेंगे। मैं मन ही मन बोला- ''अरे, शब्द तो बहुतही अच्छा काम करते हैं।' मैंने भारत से तुम्हारा आभारी हूँ कहा। धन्यवाद कहकर फोन बंद किया। मैं घुमते फिरते घर आया और शांतचित्त से सो गया। सवेरा कब हुआ समझाही नहीं।

सवेरे उठकर ईश्वरका नामस्मरण किया। और अपने काममें उलझ गया।

दुसरे दिन मैं मजदुरोंको लाने के लिये नासिक गया, १० मजदूर ढूँढ़ निकाले। उन्हें खेतीका काम बतलाया। और वे काम में लग गये, पर कुछ घंटों बाद देखा, मैंने जैसा काम बतलाया, वैसा वे नहीं कर रहे थे। उन्हें बहुत बार ऐसा करों वैसा करो, प्यार से समझाया, लेकिन वे ठीकसे नहीं कर रहे थे। मैंने बहुत सोचा की, इनसे मैं ठीक तरिकेसें काम कैसे करके ले सकता हूँ, जिससे मेरा उत्पाद बढ़ेगा। थोड़ी देर में मन में कल्पना आई की मैंने एक किताब पढ़ी थी, जिसमें ऐसा कुछ लिखा था की हर इन्सान को उसके नाम में रस रहता हैं। नाम का 'अभिमान' रहता हैं। यदी उन्हे उनके नामसें पुकारा तो उनके मन में हमारे प्रति आदर, सम्मान बढ़ जाता हैं। और वह काम की बात सुनता हैं और काम करता हैं।

मैने दुसरे दिन से हर एक को उसका नाम पुछना शुरू किया। हर एक का नाम कंठस्थ किया। काम बतलाते समय उसके नामसे पुकारता और काम बतलता। कुछ देर बाद उनके काम में अच्छा सुधार आया। सहजही सोच रहा था की सीमा मॅडमका बतलाया हुआ वाक्य याद आया की, एखाद व्यक्ती यदी गलत काम करती हो, या काम ठीकसे ना करती हो तो पहले उसकी प्रशंसा करो, गलती बाद में बतलाओ। फिर उस व्यक्ती का (माइंड) मन ठीक से काम समझ लेता हैं। और वह काम करता हैं। फिर यह तरकीब उनपर इस्तेमाल की। उनकी, उनके कामकी प्रशंसा की तब वे काम अच्छी तरहसे करने लगे। मेरे खेत में वे काम ठीक से कर रहे थे और मेरा मन मुझे समझा रहा था, की एक कहावत हैं, जहाँ गुड़से काम होगा, वहाँ तलवार का प्रयोग क्यों? खेती का हर एक काम ठीकसे पुरा हुआ। उनका पुरा वेतन आनंद से और प्रेम से दिया। उन्हें बहुत आनंद हुआ। और वे मजदूर हमसे बोले की, आपका खेती का कोई भी काम हो, हमें फोन करें। हम कभी भी कामपर आने को तैयार हैं। ऐसा कहकर वे अपने घर गये। पुरे काम अच्छे तरिकेसे हुआ सोचकर आनंदित मैं भी हुआ। घर की तरफ गया। फिर एक बार जीवन में अच्छे अनुभव सीखने को मिले। इसके लिये हम ईश्वरके और सृष्टीके बहुत आभारी हैं। धन्यवाद!

इस संपूर्ण विषयमें से मिलनेवाला संदेश या सीख-

१ ला संदेश

जीवन में पैसे के लेन-देनके समय प्रेम और आनंदसे सधन्यवाद देना चाहिये। किसीने हमारी मदद की, तो उसे प्रेमसे, आनंदसे, ''मैं आपका आभारी हूँ! धन्यवाद ऐसा कहना चाहिए।

२ रा संदेश

जीवन में यदि हम संकटमें या मुसीबत में होंगे और किसीने हमसे पुछा की, ''भाई, तुम संकट में हो क्या?'' मैं थोड़े चॅलेंज में कहना चाहिये।

३ रा संदेश

लोगोंसे यदी हमें अपना काम करवा लेना हैं तो उनसे ऐसा बोलना चाहिए- ''साहब नमस्ते, मुझे आपकी मदद चाहिए थी।'' ऐसा नहीं बोलना चाहिए की, मेरा आपके पास काम हैं। हर व्यक्ति मदद के लिये तैयार हैं, काम के लिये नहीं यह ध्यान में रखे। वो हमारा नोकर नहीं है। उस आदमीको मान-सन्मान देना चाहिए। क्योंकी उनके शरीरमें जो आत्मा है, वही परमात्मा (ईश्वर) है।

४ था संदेश

जीवन में यदी किसो की गलती दिखानी हो तो पहले प्यारसे उसकी प्रशंसा करो। फिर उसकी गलतियाँ बतलाओ। उसका आत्मा और मनकी तारीफ करनेसे बाकी बात सुनने के लिए तैयार होता है, तब वह हमारा काम अच्छी तरहसे करेंगा और हमे उत्तम लाभ मिलेगा।

५ वाँ संदेश

हर इन्सान को अपने नाम का अभिमान रहता हैं। इसलिए हर व्यक्ती को यदी पहले उसके नाम से पुकारा तो वह हमारे सभी काम अच्छे तरिकेसे (ठीकसे) करेगा। वो खुशतो हमभी खुश।

धन्यवाद!

***

पाठ ६

स्वयं में बदलाव लाकर, मार्ग तलाशनेपर वह मार्ग सफलता की तरफ जाता हैं

जिवनमें सबको सफल होने की चाहत होती है। ऐसीही मुझे थी। पर मुझे जाना कहा है, यह मालूम नहीं था। बस मै सोचता था की मुझे सफल होना है। मै दुनिया को बदलना चाहता था। पर खुद मै नहीं। बदलाव कर रहा था। उस दिन की रात अच्छी तरह से कट गई और सवेरे ५.०० बजे घड़ी का अलार्म बजा। मैं झट्से उठा। जल्दी जल्दी कसरत की और स्नान निपटाकर पानी पिया, चाय ली। चाय पीते वक्त पत्नी ने मुझसे पुछा की, मुझे तुमसे कुछ बात करनी हैं। मैंने कहा- ''बोल'', वह बोली- ''बच्चों को १० दिनकी ख्रिसमस की छुटीयाँ हैं। हम कहीं तो देवदर्शनार्थ जायेंगे।'' मैंने पुछा- ''पर जाएँगे कहा?'' पत्नी और भाई बोले- ''सिद्धटेक विनायक जायेंगे।'' मैंने कहा- ''चलो जायेंगे।'' ३०/३१ दिसम्बर २०१८ इन दो दिनों की यात्रा निश्चित की और हमारे भांजेसे पुछा की, ''हमें सिद्धटेक जाना हैं। कौनसे रास्ते से जाये?'' उसने बतलाया- ''सिन्नरमार्ग से दौंड़तक और दौंड़से आगे जा सकते हो।'' मैंने कहा, ''अरे, जाते जाते कुछ अन्य देवदर्शनभी होगा क्या?'' वह बोला- ''हाँ, कर सकते हैं?'' मैंने पूछा- ''कौनसा?'' वह बोला की, शनिशिंगणापूर जा सकते हैं। (जाते जाते)। हमने कहा- ''ठीक हैं। घरवालोंसे मशवरा करुँगा। शुभ दिवस'' बोलकर फोन बंद किया।

परिवारके लोगोंसे कहा की, शनिशिंगणापूर जाते जाते आगे सिद्धटेक गणपती जायेगें। थोडीही देर में भांजे का फोन आया। वह बोला, ''मामा, हमें (मुझे) भी आपके साथ आना है।'' मैंने चलने को कहा- तारीख ३०/३१ दिसम्बर २०१८ बतलायी। वह बोला, ''३०/३१ तारीख नहीं । उसकी जगह १/२ जनवरी २०१९

को जायेंगे, क्योंकी ३०/३१ को नववर्ष के बहाने लोग शराब पीकर कार एवं ट्रक चलाते हैं; इसलिए १ या २ जनवरीकोही जायेंगे। फिर उस योजनानुसार नियोजन किया। ४ बड़ी उम्र के लोग, पाँच १२ वर्ष के नीचेवाले बच्चे ऐसे हमारे ९ और भांजे की तरफके ४ ऐसे कुल १३ लोग ले जाना पक्का हुआ। घर के सभी लोग अपनी अपनी चीज वस्तू जुटाने में लग गये। सब परिवार बहोत खूश था।

३१ दिसम्बर २०१८ यह शुभ दिन उगा। सबकी तैयारी हुई थी। मैंने हमारी स्कॉर्पिओ चकाचक साफ की। रात में जल्दी सो गये। प्रातः ४ बजे एक एक, धीरे धीरे जगने लगा। कोई स्नान करने लगा, कोई रसोईमें लगा। ७.३० बजे तक सभी कामका निपटारा हुआ। बॅग्ज सभी गाडी को ठीक तरहसे बाँधे और भांजे को फोन किया और उसे बतलाया की, हम तुम्हें लेने जानोरीसे नासिक आ रह हैं तैयारीमें रहो। और फोन रख दिया। हम ८.०० बजे नासिक निकले और ८.३० बजे उसके यहाँ पहुँचे। वे भी तैय्यारी मेंही थे। उनके बॅग्ज गाडी में डालकर हम सब १३ लोग देवदर्शनके लिये निकले। सभी खूब आनंद में देवदर्शन के लिये निकल रहे थे। ३०० कि.मी. यात्रा तय हुई। रास्ते में चायपानीके लिये रुके। खूब आनंदमें चाय ली। कुछ ने नाश्ता किया और गाडीमें बैठे। मैंभी गाड़ी चलाने बैठा। अचानक ध्यान आया की अरे, हमने बॅग्ज गाडी को बाँधी हैं वे ठिक हैं या नहीं। वे देखेंगे और मै गाडीसे नीचे उतरा। देखा तो क्या, रास्ते में गाड़ी के चलते सभी बॅग्ज हवासे उड़ गई थी। सबसे कहा- 'सभी बॅग्ज गाडी के जोरसे चलते समय हवासें उड़ गई हैं।'' घर के सभी लोग हँसने लगे। उन्हें लगा की, मैं हँसीमज़ाक कर रहा हूँ, पर मैंने कहा, ''मैं मज़ाक नहीं कर रहा। आप लोग उतरकर देखे। सभी लोग गाड़ी से उतरे। देखा तो क्या, सभी बॅग्ज और पहनने-ओढ़ने के कपडे, बिछौने उड़ गये थे। सभी लोग नाराज हुए। बच्चे लोग जादा नाराज हुए क्योंकी उनके सभी नये कपड़े बॅग्ज में थे। और वे सभी बॅग्ज उड़ गई थी। सब घरवाले १५ मिनट शांत बैठे।

फिर भांजा बोला। जो हुआ सो अच्छ़ा हुआ। और जो होगा वह भी अच्छ़ाही होगा। आप सभी टेन्शन मत लेना। हम थोड़ी ही देर में शनिशिंगणापूर पहुँचेंगे और सबके लिये अच्छ़े कपड़े लेंगे। हर एक ने एक दुसरे को समझाया। और हम

अगले रास्तेसे देवदर्शनार्थ निकले। थोड़ी ही देर में देवदर्शनकी स्थलीपर पहुँचे। और शनिदेवता का सबने दर्शन लिया। और बढ़िया-सा भोजनभी किया। आगे हम सिद्धटेक विनायक दर्शनार्थ निकले, ठीक ६.०० बजे विनायकके दर्शन किये। हम करीब ३० मिनट रुके। देवदर्शनके बाद भोजन करके सिद्धटेकमेंही मुकाम किया। सवेरे घर निकलना था, पर भोजने के बाद हमने मंदिरके सामने सोनेके लिए रूम ली।

सवेरे उठकर फिरसे मंदिर दर्शनार्थ आए। दर्शन के बाद मेरी पत्नीने मुझसे कहा- "हम इतनी दूर आये हैं तो पड़ोसमेंही नवशा गणपती नजदीक हैं। हम लोग इतनी दूर बार- बार तो नहीं आयेंगे। तो इन दो गणपतियोंका दर्शन करके घर जायेंगे। मैं बोला- "तेरा कहना सही है, पर हमने सिर्फ सिद्धटेक गणपतीका प्लॅनिंग व्यवस्थित किया था। अब तुम अलग व्यवस्थापन कर रही हों। यह मेरी बुद्धी मान्य नहीं कर रही। हाँ- ना करते करते हम सबने योजना बनाई की, दो गणपती और शिवरायगड़ तथा शिवमंदिर भी जायेंगे। सभी लोग खूश हुए। हम सबने गणपती का अच्छी तरह से दर्शन किया। दर्शनार्थ बड़ी भीड़ थी। हमने आनंदसे दर्शन लेते- लेते फोटों भी खींचे।

एक जगह हम थोड़े समयके लिये रुके। वहाँ भोजन किया और शिवमंदिर निकले। कुछ घंटों बाद हमने शिवमंदिरमें दर्शन किये। फोटो निकाली। थोड़े समय मंदिर में रुककर हम शिवरायगड़पर निकले, पर जाते जाते ऐसा लगा की, घर पहुँचते पहुँचते अंधेरा होगा। हमने शिवरायगड़ जाना रद्द किया और घर निकले। घर चलते चलते ८.०० बजे। घर की सभी मंडलीने कहा की, बच्चों को नींद लगी हैं। कहीं तो अच्छे होटल के पास भोजने के लिये गाड़ी रोकना। थोडीही देर में अच्छा-सा होटल देखर गाड़ी रोकी गई। सभी लोग भोजनार्थ नीचे उतरे। सबको खूब भूक लगी थी। सबने पेटभर भोजन किया। और हम सब गाड़ी में बैठे। सब इकठ्ठे हुए और हम घरकी तरफ निकले। घर में बीमार माँ और बहन रुकी थी। माँकी सेवा के लिये बहनको उसके पास रखा था। फिर मेरा छोटा भाई बोला की, हम सबने भरपेट खाना खाया है। माँके लिये कुछ खाना या मिठाई लेंगे। फिर हमने थोड़ी देर रुककर मिठाई ली। घर के लोग मिठाई ले रहे थे। मैंने उनसे चायपानी के लिये पुछा। किसीने भी चाय नहीं ली और मैंने भी। हम सब गाड़ी में बैठे और नासिक निकले। हम सब आनंद में

थे। तो सबपर बहुत बड़ा संकट थोड़ेही समयमें आनेवाला था यह शायद हमें मालूम नहीं था। हम सब खूब आनंद में थे, कारण हमारा देवदर्शन अच्छेसे होकर हम घरकी तरफ निकले थे।

अचानक रोडसे गुजरनेवाले आयशर ट्रकने सामनेसे आकर जोरदार टक्कर मारी। उसका टेम्पो पलटी खाया। और हमने हमारी गाड़ी ठीक तरीके से रास्त के बाजूमें खड़ी की। कुछ देर हमें कुछ़ नहीं सूझ रहा था, क्योंकी एक सेकंडमें पुरी ड्रायवर साइट बोनेटसे लेकर पिछ़ले दरवाजेतक पुरी गाड़ी टेम्पोने फाड़ ड़ाली थी। हम सबको काँच लगकर जख़्मी हुऐ थे। खून बह रहा था। कुछ़ को जादा मार लगा था। मैं तो गाड़ीमेंही सुन्न बैठा था। और ईश्वरसे कह रहा था की, हे ईश्वर, यह क्या किया तुने? हम तेरे दर्शनार्थ आये यह हमने बहुत बड़ी गलती की क्या? मेरे परिवारको बहुत सारे जख्म हुए थे और गाड़ीका पुरा नुकसान हुआ था। मैं और मेरा परिवार (प्रिय) खूब टेन्शन में था।

हम सब गाड़ीके बाहर निकले और थोड़ी ही देरमें वहाँके व्यक्तियोंने ॲम्ब्युलन्स बुलायी। और हमारे परिवारको अस्पतालमें भर्ती किया। हम गाड़ी लेकर पुलिस स्टेशन गये। रात १२.०० बजे आयशर चालकपर गुनाह दाखल किया। थोड़ी ही देरमें परिवारके सभी लोगोंको लेकर रात २.०० बजे बससे नासिक निकले। बसचालक देवता आदमी था। उसने रात में गाड़ी रोककर हमें नासिक लाने कि लिये गाड़ी रोक दी। हम सब बसमें बैठकर अपने-अपने घर गये और सो गए। सबको नींद लगी, पर मुझे नींद नहीं आ रही थी। क्योंकी मैं बहुत गुस्से में था।

सवेरे सब उठे। सब एक-दुसरे की तरफ चोरोंकी तरह देख रहे थे। यह सब ऐसे कैसे हुआ? मेरी पत्नीने मुझसे पुछ़ा- "अजी, आपने उस गाड़ी को आते हुए देखा नहीं क्या?" मैंने समझाया, हम हमारे रास्तेसे सही चल रहे थे, पर आयशरचालक खूब ड्रिंक लेकर हमारे रोड़ पर हमारी दिशामें आ रहा था। हमारे सामने बलेरो गाड़ी थी वह बाजू हट गयी और आयशरने हमारी कारको टक्कर मारी। फिर भी मैंने गाडी बचानेकी बहुत कोशिश की, अन्यथा आमने-सामने टक्कर होती। और हम १३ में से ६.७ व्यक्ती हादसेके शिकार होते। किसीकी मौत हो जाती। मैंने कहा- "अभी

आप सभी तर्क-वितर्क में मत उलझे रहो। शांत रहो। हमें आनेवाले संकटसे सामना करना हैं।'' मैं घरके लोगोंको शांत रहने को कह रहा था। पर मैं खूब गुस्से में और टेन्शन में था।

हमने इन्शुरन्स कंपनी में जाकर फर्याद दाखिल की। गाडी के सभी कागजात हवाले किये। और उन्होंने कहा की, चार दिनोंके बाद हम तुम्हें बतायेंगे की, गाडी दुरुस्तीकी खर्चा कितना आएगा। तबतक हमने हमारी गाड़ी नारायणगाँवसे शो-रूम गोडाऊन लायी और चार दिनों बाद इन्शुरन्स कंपनीने हमें बतलाया की, आपकी कार दुरुस्त करके नहीं मिलेगी। क्योंकी गाड़ी का बहुत नुकसान हुआ हैं। तो हम ६,७५,००० रु. गाड़ीकी आयडी व्हॅल्यू देंगे, पर गाड़ी दुरुस्त करके नहीं मिलेगी। क्योंकी गाड़ी का खर्चा ११ लाख तक पहुँचता हैं, तो हमें गाड़ी दुरुस्ती परवडेगी नहीं। हम तुम्हें गाड़ी की आयडी व्हॅल्यू दे रहे हैं। मैंने कहा- ठीक हैं, आपने कहा वैसे आयडी व्हॅल्यू ले लेंगे। मैं परिवारके सदस्यों को बतलाता हूँ और सलाहमशवरा करके आपको बतलाता हूँ। शामको मैंने परिवारके सदस्योंको बतलाया- उन्होंने कहा- ''जो तुम्हें ठीक लगता हैं, करना।'' मैंने जानकारी दी- इन्शुरन्स कंपनी को मैंने कहा की, जो भी हो प्रक्रिया पूर्ण कर लेना। और वे काममें लगे हुई हैं। मैने घरवालोंको बताया तीन महिनों में हमें हमारी गाड़ीकी आयडी व्हॅल्यू मिलेगी। ''चलो, भोजन करके सो जायेंगे। सवेरे उठकर जो, वो अपना काम करे,'' और भोजन करके हम सो गऐ।

रात १०.०० बजे सोने की तैयारी की और बिछोनेपर शांत पड़ा था। थोड़ा सोच रहा था की, ऐसा मेरे बारेमेंही क्यों हुआ? कुछ़ गलती हुई हैं क्या? किसीका हमने बुरा चहा है क्या? ऐसा क्या हुआ? मैं खूब सोच रहा था। तब अचानक याद आया की, मैं यूट्यूबपर ॲक्सिडेंट के व्हिडिओ देखता था और खूब आनंदसे देखता था। इसलिए ऐसा हुआ होगा और वह पूरा सच निकला। और यात्रापर निकलनेके पहले यह भी कहा था की, लोग ड्रिंक करके कार, टेम्पो, ट्रक चलाते हैं, इसलिए वर्ष की आखिरीमें यात्रापर नहीं जायेंगे और नये सालकी १/२ तारीख तय की। मेरे यह ध्यानमें आया की, हम जीवनमें जो सकारात्मक या नकारात्मक देखते हैं और विचार करते हैं भला हो या बुरा उस व्यक्ती के जीवनमें वैसाही घटित होता है और हमारे

बारेमेंभी वैसाही हुआ।

हमें किरण सरकी बहुत याद आई। और उन्होंने बतलायी हुई बात भी। उस कहानी का वाक्य कायम जीवनमें ध्यान में रहेगा। वह यह की, ''मुश्किलें हमेशा हराती हैं और संघर्ष करनेवाला हमेशा जीतता हैं।'' मैंने यह भी सोचा की, अभी आये हुए संकटपर मात करके जीवनमें आगे चलना हैं। थोड़ी देर में हमें हमारी गलतियाँ मालूम हुई। यह सोचकर मुझे नींद लगी।

सवेरे उठकर बैठा और खुदसेही बोला की, अरे, नींद, कब आई समझाही नहीं। ठीक वैसेही सवेरा कब हुआ- समझाही नहीं. (जल्दी कब उठा) फिर स्नान करके चायपानी लिया। और घर में बैठा। थोडीही देरमें दोन नंबरकी बहन आई। मेरे पास बैठी। उसने मुझे नजरसे ठीक तरह से जाँचा और मुझसे कहा- ''तू गाड़ी का दुःख मत सोच, क्योंकी, तुम सभी जीवित हो। गाड़ी पुरी बरबाद हुई उसका दुःख मुझेभी हैं, लेकिन जो कुछ़ भी हुआ उसके लिये हम कुछ़ भी नहीं कर सकते, लेकिन मुझे मालूम हैं कि, तू ऐसी १० गाड़ीयाँ लेगा। तो तू बिल्कुल टेन्शन मत ले। चिंता छोड़। अपनी खेती और कुटुंब परिवारकी तरफ ध्यान दे।'' मैंने कहा- ''मेरा ध्यान हैं ही, पर ईश्वरने मेरे लियेही यह क्षण क्यों लाये? स्थिती क्यों लायी?'' बहनने मुझसे कहा- ''अरे, उस जगह दुसरा कोई रहता तो बच गया होता क्या, पर उसने यह संकट पचाया नहीं होता या परिवारका कोई सदस्य मर गया होता।

यह जो तेरे लिये और तेरे परिवारके लिय घटित हुआ, दुसरा कोई यह संकट नहीं सह सकता। तू यह संकट सह सकता हैं, ईश्वरको मालूम था। यह सब तेरे मामलेमें हुआ। शायद तुझे इस संकट से कुछ अच्छा सिखनेको मिलनेवाला होगा। तू इस संकटसे उबरकर जीवनमें कुछ आगे बढ़े यही ईश्वरकी इच्छा होगी। इसलिए जीवन में आई हुई परिस्थिती का अनुभव की गाँठ मन में बांधकर आगे कैसे बढ़ सकते हैं इसकी फ़िक्र कर। और जीवन सुंदरता में बीता, सुंदर बना। जादा चिंता छोड़।''

मुझे मेरी बहनने समझाया, पर वे क्षण मेरे दिमाग से नहीं जा रहे थे। क्योंकी मैं ऐसा विचार करता था कि, यदी मैं इस संकटमें जिंदा नहीं रहा होता तो, मेरे परिवार भाई और उसके परिवारका क्या होता? मुझे एकही बात सोचनेको बाध्य कर रही थी

यहाँपर कार को स्टेपनी है । क्योंकी अगर कार रास्ते में पंक्चर हो गई तो स्टेपनी को लगाकर फिर से कार चलाई जा सकती है। इसी तरह हम जो व्यवसाय करते हैं उसके साथ एक और व्यवसाय होना चाहिए । ताकी अगर एक व्यवसाय या नोकरी बंद हो गयी तो हम हमारे जीवन में दुसरे व्यवसाय या नोकरी कें साथ जीवन की गाडी आगे चला सकते है ।

की मैं ना रहता तो मेरे परिवार को पैसों के लिये और जिंदा रहने के लिये संघर्ष करना पड़ता। थोड़ा सोच-विचार कर मैंने कहा- ''क्या काम करनेसे मेरे परिवारको पैसोंकी जरुरत नहीं रहेगी। और कायम उनके पास पैसा आयेगा। बोले तो आज हम पैसोके लिये काम कर रहे हैं, तो ऐसा होना चाहिए की, पैसा हमारे लिये काम करे। ऐसा कुछ हमकर सकते हैं क्या? ऐसा विचार में करने लगा। पर एक बात ध्यान में आई की, मेरे सवालका जवाब केवल किरण सर दे सकते हैं। फिर मैंने किरण सर को फोन

किया। और 'नमस्ते' करके कहा- "सर, मुझे आपसे मिलना है।" सरने पुछा 'क्या काम है सुरेश?' मैंने कहा- "सर, मैं आपसे मिलता हूँ और हम बोलेंगे। मैं आपसे कब मिलूँ?" सर बोले- "एक घंटे बाद मैं घरमें ही हूँ।" मैंने कहा- "ठीक है सर, एक घंटे बाद आऊँगा मैं।"

मैंने मेरे घर में बतलाया की, मैं किरण सरके यहाँ जा रहा हूँ। मुझे आनेमें वक्त लगेगा। चिंता मत करना? और मैं निकल गया। एक घंटे बाद किरण सरके यहाँ पहुँचा। सरने कहा- 'आ सुरेश' और हम शांत बैठे। और सर बोले- 'बोल क्या काम था?' मैंने कहा- "सर, समझिये मैं इस दुनिया में नहीं हूँ, पर मेरे न रहने का दुख मेरे परिवार को सौ प्रतिशत न रहने पर मेरे परिवार को पैसा मिलेगा। वह आनंद से रह सकेंगे ऐसा कोई काम है क्या। किरण सर ने कहा- नेटवर्क मार्केटिंग या खुद का नेटवर्क तैयार करना, या व्यवसाय करना, या सिंगर बनना, या लेखक बनना, या वैज्ञानिक बनना, या खेती व्यवसाय को जोड़कर अन्य (पूरक) व्यवसाय करना।

सुरेश तुझे एक उदाहरण देकर समझाता हूँ- "तेरे पास जो कार हैं, उसके पहिये कितने हैं?" मैंने कहा, "चार पहिये सर", सर मेरी तरफ हँसते हुये देख रहे थे। उन्होंने कहा, "ठीक विचार कर और मुझे बता।" मैंने ठिकसे सोचा और सरसे कहा- "चार पहिये सर" सर ने कहा- "जब तू पुरी गाडी खोलेगा तो तेरी ध्यान में आयेगा की, एक संरक्षक और बाकी ४ मिलाकर गाड़ीके ५ पहिये रहते हैं सर ने कहा- 'बराबर।' समझो अपने परिवार के साथ हम सफर या यात्रापर निकले। अचानक यदी कार पंक्चर हुई तो हमें स्टेपनी का पहिया निकालकर पंक्चरवालेकी जगह लगाकर सफर करना होगा। उसी प्रकार व्यवसाय में असफलता आनेपर हम दुसरे व्यवसायपर अपना तोल (बॅलन्स) अर्थात् परिवारकी व्यवस्था संभाल सकेंगे। कार की तरह अपने परिवारको सुरक्षा (स्टेपनी) आवश्यक है। यह संरक्षम यदी रहेगा तो मनुष्य और उसका परिवार जीवनमें अड़चनों को पार कर सकता हैं।"

मैंने कहा- "किरण सर, खेती करते समय मुझे कौनसा व्यवसाय जमेगा?" किरण सरने कहा- "तुझे जो भी व्यवसाय जमेगा उसके लिये तुम्हारे पास सपना चाहिए।

तेरे जीवनमें तुझे जिसके लिये जो सपना हैं उसपर विचार करना होगा। जितना बड़ा सपना, उतना बड़ा व्यवसाय। पहले तू तेरा जो सपना हैं एक कागजपर लिख। यह काम कर फिर हम व्यवस्थित मार्ग निकालेंगे। और कुछ बदलाव स्वयंमें लाने के लिये अच्छी आदतें डाल। मैंने कहा, आप बतलाइये सर, मैं अच्छी आदतें कौनसी डाल सकता हूँ? वे कौनसीं हैं? वे मुझे बतलाईये। किरण सरने कहा, यह पेन ले और लिख डाल। मैंने कहा- ''बतलाईये सर, तुरंत लिख लेता हूँ।''

सफल लोगोंकी अच्छी आदतें -

- सवेरे ४ से ५ बजे उठकर १० से ३० मिनिट ध्यान करना हैं। ध्यान किसीभी देवता का करीये या सासोंकी तरफ ध्यान दीजिये।
- सकारात्मक बोलना- मन ही मन मैं खूब आनंदी हूँ। मैं जितूँगा, मैं धनवान हूँ। मैं लोगोंकी अच्छी मदद करता हूँ। मैं दानधर्म करता हूँ। मुझे अच्छी वस्तूये और भले लोगोंका आकर्षण हैं। मैं खूब प्रेम करता हूँ। मैं बुद्धिवान हूँ। मैं हेल्दी और स्वस्थ हूँ। मैं सकारात्मक विचार करता हूँ। ऐसी रोज खुदसे बातचीत करनी हैं।
- ३० से ६० मिनिट अच्छा, उत्तम व्यायाम करना हैं और प्राणायाम भी।
- १० से ३० मिनिट्स सकारात्मक किताबें पढ़ना हैं, या १० से ३० मिनट्स सकारात्मक विचारों का व्हिडिओ देखना हैं।
- सपने कागजपर लिखना- मै हमें वह सपने भी पुरे करने हैं जो कागजपर लिखने हैं।
- सपना लिखिये की सपना पुरा हुआ। इसके लिये ईश्वरका आभार मानना हैं। उदा. मैं बहुत आनंदी हूं। मैंने अच्छासा बंगला बाँधा हैं। और उसमें वैयक्तिक लगनेवाली सभी सुखसुविधाएँ बनायी हैं। बंगले मैं रहने के लिये गया। इसके लिये देवताओं का और सृष्टी का बहुत आभारी हूँ। धन्यवाद।

हम खूब आनंदी हैं, क्योंकी हमने सुंदर बंगला बाँधा हैं और उसमें हमारे लिये लगनेवाली सभी सुखसुविधाएँ बनाई हैं और उस बंगलेमें रहनेके लिये गये हैं। इसके

लिये मैं ईश्वरका और सृष्टीका बहुत आभारी हूँ। धन्यवाद।

यह सब सवेरे उठके करना हैं। जिससे स्वयं में खूब अच्छा बदलाव होकर सपना पुरा करने के लिये अच्छा मार्ग मिलेगा।

मैंने किरण सर से कहा- ''सर आपका आभारी हूँ, की अच्छी आदतें आपने हमारे सपने पुरा होनेके लिये बताई। धन्यवाद! किरण सर, मैं अब घर जाकर पुरे सपने लिखकर रखता हूँ और आपने बतलाया हुआ कल सवेरेसे नित्य नियमित रुप में (६ आदतें) उपयोग में लाता हूँ। धन्यवाद। अब आता हूँ मैं। धन्यवाद।'' किरण सरसे अच्छी आदतें लेकर मैं घर आया और परिवारके लोगोंको बतलाने लगा की, हमें खेती संभलकर खेती को पूरक (जोड) व्यवसाय करना हैं, जिससे यदी हमपर पुनः ऐसा कुछ संकट आया तो हम और हमारा परिवार आनंद में रहेगा। घरके लोगोंने कहा की, हमें क्या जोड़ (पूरक) व्यवसाय करना हैं। मैंने कहा की, कुछ तो मार्ग निकलेगा। आप सभी प्रामाणिक कर्म करते रहिये। मार्ग अपनेआप मिलेगा। इतनी बातचित के बाद घरके सभी व्यक्ती अपने अपने कामपर निकल गये।

जिवने मे जो भी हमे संकट आये उस संकटमें हमारे लिए कुछ सफलताके रास्ते खुलनेवाले है यह मुझे मालूम हुआ। इसलिए हमने ईश्वर और सृष्टीके आभार मानकर धन्यवाद कहा।

इस संपूर्ण विषयमें से मिलनेवाला संदेश या सीख-

१ ला संदेश

हम जीवनमें जैसा विचार करेंगे या जैसे देखेंगे/ सुनेंगे वैसाही हमारे जीवनमें घटित होगा। उसके लिये अच्छ़ी बातें सुनिये, देखिये और अच्छ़े विचार करिये और कायम आनंदी रहिये।

२ रा संदेश

हमें जीवन जीते समय ईश्वर अड़चनें पैदा करता हैं। ऐसा आप-हम-सभीका कहना रहता हैं। उसमें कुछ़ हम नकारात्मक विचार करते रहते हैं उससे घटित होता हैं या ऐसा कहिये, ईश्वर जीवनमें अड़चनें देता हैं। तो ईश्वरको मालूम रहता हैं कि, यह व्यक्ती अड़चनमें से बाहर निकलेगा। इसलिए ईश्वर यह संकट (चॅलेंज) भेजता हैं।

३ रा संदेश

आज हम सभी पैसोंके लिये काम करते हैं, पर ऐसा होना चाहिए की, पैंसे ने हमारे लिये काम करना होगा ऐसा जीवन जीना हैं। फिर हम सफल बनेंगे।

४ था संदेश

जिवनमें हमे कहा जाना है, यह मालूम हुआ, तो कैसे जा सकते है। यह मार्ग अपने आप खुला हो जाएगा। यहापर कहा जाना है यह सोचने के लिए ९५ प्रतिशत दिमाग खर्च करना है। यह समज आया की कैसे जा सकते इसलिए सिर्फ ५ प्रतिशत दिमाग खर्च करना पडेगा।

५ था संदेश

उपरोक्त बतलायी गई अच्छ़ी छ़ आदतें नियमित रुपमें करते रहने से मन में अच्छ़े विचार आते रहते हैं। १) ध्यान करना, २) जो चाहिए वहीं बोलना, ३) जो चाहिए

उस सपनेंकी कल्पना करना, ४) व्यायाम रोज करना, ५) सकारात्मक किताब पढ़ना, ६) जो सपना देखा वह वास्तव में लिखकर उसपर तारीख ड़ालकर रख़ना यह रोज करना हैं।

धन्यवाद!

***

पाठ ७

अपने मनके मालिक आप खुद हैं

मैं प्रातः ५ बजे जल्दी उठा, क्योंकी मुझे अच्छी आदतोंका उपयोग करना था। तो पहले १० मिनट ध्यान किया। दुसरी बात जीवनमें अच्छा घटित होगा ऐसे सकारात्मक शब्द प्रयोगमें लाये। तीसरी बात जो सपना चाहिये उस सपने में जाकर वैसी कल्पना और सकारात्मक विचार बनाये। चौथीं बात २० मिनट कसरत (तालीम) की और कुछ प्राणायाम भी किया। पाँचवी बात सकारात्मक पुस्तक २० मिनट पढ़ी और छठी बात जो सपना चाहिए वह पुरा हो गया ऐसा लिख डाला।

मैं रोज उठकर सभी क्रियाएँ करता था और घरके सभी लोग मेरी तरफ देखते थे। और पूछते थे की, यह नया क्या कर रहे हो? फिर मैंने उन्हें बतलाया की, हमें यदी अपने बड़े सपने पुरे करने हैं तो ये अच्छी आदतें मुझे और आप सबको स्वीकारनीही होगी, क्योंकी किरण सरने कहा हैं और मिटिंगमें भी सुना है की, यदि आपको धनवान बनना हैं और अपने सपने पुरे करने हैं तो रईसोंकी अच्छी आदतें उपयोग में लाकर हम हमारे सपने पुरे कर सकते हैं। इसलिए, रोज यह आदतें (छ) अमलमें लाने का प्रयत्न कर रहा हू। और तुम भी जैसा जमेगा वैसी अच्छी आदतें स्वीकारना, जिससे अपने सपने पुरे हो। ऐसा कहकर मैं मेरी जगह शांत बैठा रहा।

थोड़ी देर शांत बैठा था, तब किरण सरने मुझे समझाया था की, तेरे सभी सपने कागज़पर उतार। फिर मैंने सपने कागज़पर लिख डाले। उनकी सुचि इस प्रकार हैं–

फुटबॉल का मैदान

सपने

- मुझे और मेरे परिवारको स्थायी उत्पाद चाहिए था।
- मुझे और मेरे परिवार को सुंदर बंगला चाहिए था- ५० लाख तक का।
- मुझे और मेरे परिवार को बढ़ियाँसी कार चाहिए थी- १५ लाख तक की।
- हमें बच्चोंकी शिक्षा-दीक्षा अच्छी जगह चाहिए थी।
- हमारे घरकी महिलाओंका ४ लाख तकके गहने लेने का सपना था।
- पाँच एकर् जमीन खरीदनेका सपना था।
- मेरा और मेरे परिवार का विदेश संचारका सपना था।
- हरसाल मेरे और परिवारके हाथों दानधर्म का संकल्प था।
- माता-पिता और बड़ी बहनों को अखिरतक संभालनेका सपना था।
- दुनियाँ के लोगों को मद्‌द करना मुझे अच्छा लगता हैं। उसमें भी परिवार को प्राथमिकता देना चाहूँगा।
- बँक के लोन (कर्जे) से मुक्त होना है।

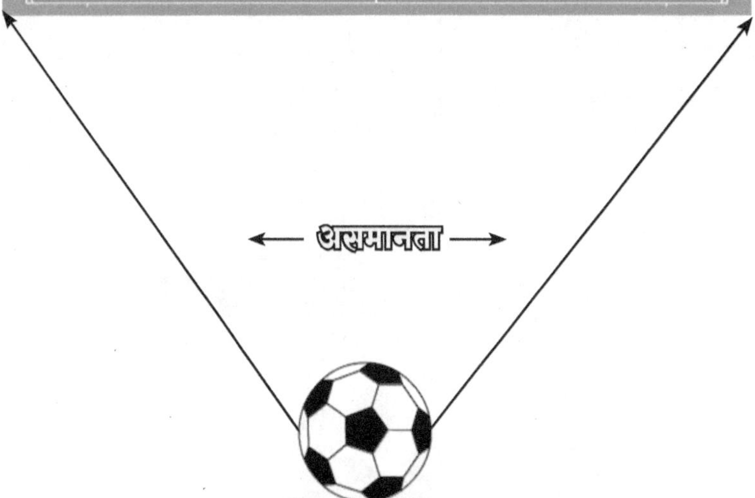

पैसा फुटबॉल जितनाही होता है।

फुटबॉल का मैदान

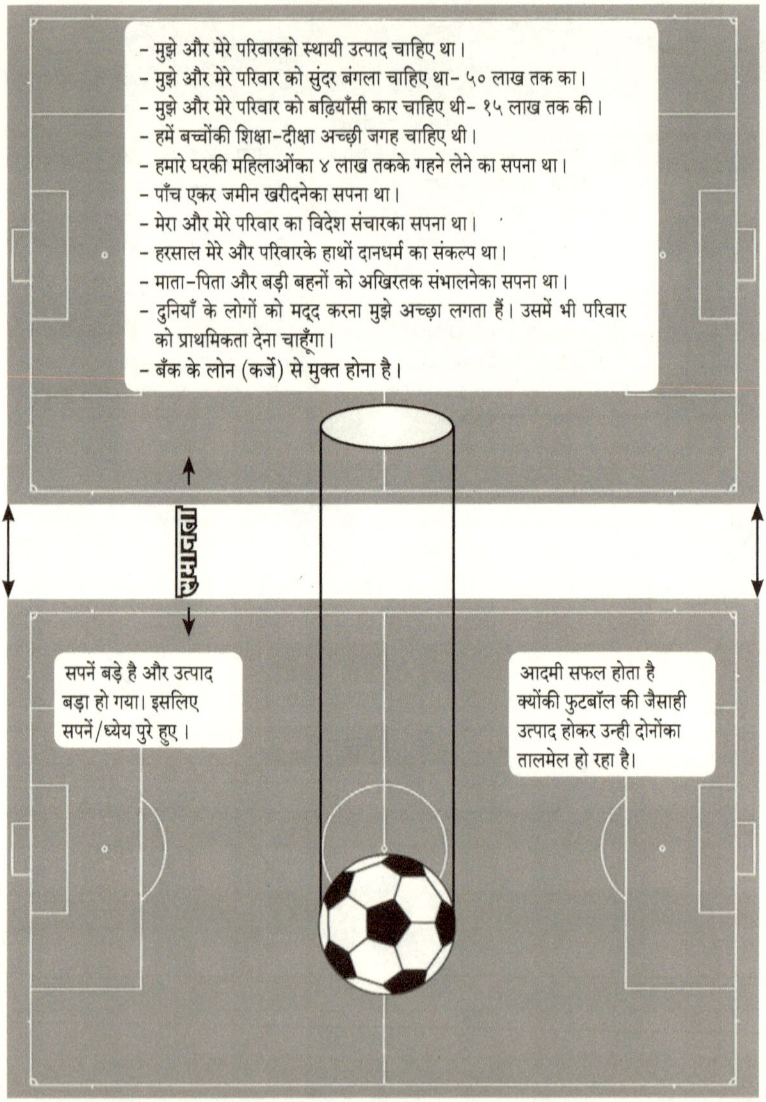

- मुझे और मेरे परिवारको स्थायी उत्पाद चाहिए था।
- मुझे और मेरे परिवार को सुंदर बंगला चाहिए था- ५० लाख तक का।
- मुझे और मेरे परिवार को बढ़ियाँसी कार चाहिए थी- १५ लाख तक की।
- हमें बच्चोंकी शिक्षा-दीक्षा अच्छी जगह चाहिए थी।
- हमारे घरकी महिलाओंका ४ लाख तकके गहने लेने का सपना था।
- पाँच एकर जमीन खरीदनेका सपना था।
- मेरा और मेरे परिवार का विदेश संचारका सपना था।
- हरसाल मेरे और परिवारके हाथों दानधर्म का संकल्प था।
- माता-पिता और बड़ी बहनों को अखिरतक संभालनेका सपना था।
- दुनियाँ के लोगों को मदद करना मुझे अच्छा लगता हैं। उसमें भी परिवार को प्राथमिकता देना चाहूँगा।
- बँक के लोन (कर्जे) से मुक्त होना है।
समानता
सपनें बड़े है और उत्पाद बड़ा हो गया। इसलिए सपनें/ध्येय पुरे हुए।
आदमी सफल होता है क्योंकी फुटबॉल की जैसाही उत्पाद होकर उन्ही दोनोंका तालमेल हो रहा है।

यह सब सपने हमने कागज़पर लिखे और किरण सरको फोन किया की, मैंने मेरे सपनें कागज़पर लिख रखे हैं, आगे क्या करूँ? किरण सरने कहा- ''तुमने लिखे हुए सपनें लेकर मेरे पास आ?'' मैंने कहा- ''ठीक हैं'' और फोन बंद किया।

कुछ़ देर के बाद सरके पास गया। वहाँ पहुँचनेपर दरवाजेकी बेल बजायी। दरवाजा सीमा मॅडमने खोला। मैंने 'नमस्ते' कहा। मॅडमने 'गुड मॉर्निंग सुरेश' कहा। मैंने स्मितहास्य किया। और पुछा, ''सर कहाँ हैं?'' मॅडम बोली, ''आयेंगे १० मिनट में। तू बैठ. तेरे लिये चाय बनाती हूँ।'' मैं बैठा रहा। थोड़ी ही देरमें किरण सर आये। हमने गपशप की। सरने पुछ़ा- ''कहाँ हैं सपनों की लिस्ट?'' मैंने उन्हें लिस्ट दिखलायी। सरने कहा- ''खूब सुंदर सपना हैं तुम्हारा।'' और आगे कहा- ''यह देख सुरेश, हर इन्सानका बड़ा सपना रहता हैं। वे इस तरह। फुटबॉल के मैदानकी तरह बड़े रहते हैं, पर कुछ़ लोगोंका इन्कम (आय) फुटबॉल साईजकी होती हैं। उनका सपना पुरा नहीं होता। वह कैसे? अच्छ़ी तरहसे समझ ले। समझ, एक ट्रक हैं। उसके चार पहिये हैं। उसका एक पहिया निकालकर स्कूटर का लगाया तो ट्रक चलेगा क्या?'' मैंने कहा- ''नहीं चलेगा।'' फिर सर ने कहा- ''ट्रक सरल चलाना हो तो पहिये कैसे चाहिये?'' मैं- ''एक जैसे। तो ही ट्रक या गाड़ी व्यवस्थित चलेगी।''

किरण सरने कहा- ''अपने जीवन की गाड़ी व्यवस्थित चलने के लिये बडे सपने जैसा बडा उत्पाद (पैसा) चाहिए तब अपने बडे सपने पुरे हो सकते है। अपने बड़े सपने पुरा करने हैं तो आमदनी भी जादा होनी चाहिए, तोही सपने पुरे होंगे। फिर हम आनंदित रह सकते हैं। वह सपने पुरे करनेकेलिये हमारे पास योग्य साधन हैं क्या, अन्यथा नहीं होगा तो योग्य साधन तलाशकर उन साधनोंपर काम करके अपने सपने पुरे करने होंगे। और स्वप्नपूर्तीवाले व्यक्तियोंने वह कर दिखाया हैं। पुरी दुनिया के लोग सही सोच सही कार्य करके सपने देखते हैं और प्रेमसे आनंदसे पुरा करते हैं।

डॉ. अब्दुल कलामजी इस महान व्यक्तिने बहुतही अच्छ़ा वाक्य कहा हैं की, सपने वह नहीं की, जो तुम सोते समय देखते हो। सपने वह वस्तू हैं जो तुम्हें नींद लेने नहीं देती। उन्हींका और एक वाक्य हैं, अपने सपने पुरे करने हो तो पहले हमे सपने देखने होंगे। फिर आनंदसे पुरे करने होंगे।

उपर दिये गये नक्शे में सपने बहुत बड़े दिखलाए हैं । फुटबॉल कें ग्राउंड जैसे और उत्पाद फुटबॉल जैसे है । और उत्पाद (इन्कम) कम, इसलिए हमारे सपने और आमदनीका तालमेल न बैठनेसे हमारे सपने पुरे नहीं होता। लेकिन दुसरे नक्शे का अपने सपने फुटबॉल के जैसे बहुत बड़े दिखलाए हैं और योग्य साधन तलाशकर उत्पाद बढ़ाया तो हमारे सपने छोटे हो या बड़े, वे सौ प्रतिशत पुरे होते हैं। दुसरे सपनेमें अपने सपने और आमदनीका खूब (ताल) मेल रहनेसे अपने सपने पुरे होते हैं।

मनुष्यने अपने सपने पुरे किए तो वह सफल होता हैं। और सफल हुआ तो धनवान होता हैं। मेरे जीवनमें जो व्यक्ती सफल बनकर धनवान बनी हुई देखने में आया उस आदमी के पास खूब अच्छी बातें देखी। उनमें चार सुंदर बातें हैं। वे हम देख रहे हैं। किरण सरने मुझसे कहा- ''सुरेश, यशस्वी मनुष्यके शरीर आत्मामें और मनमें चार बातें रहती हैं (निम्नलिखित) और विचार खूब उँचे रहते हैं।-''

RICH इस शब्दमें चार बातें हैं-

- **R....................Relationship..........आप्तसंबंध**
- **I......................Income...................आय, आमदनी**
- **C....................Character.............चारित्र्य**
- **H....................Health....................आरोग्य**

'R' यह Relationship का, 'I' यह Income का 'C' यह Character का और 'H' यह Health का वाचक हैं।

सगेसंबंध, पैसा, चारित्र्य और तबियत (स्वास्थ्य) मजबूत और संतुलित रहना का मतलब रिच होना। इसमें का एक भी स्तंभ अस्थिर (डाँवाडोल) हुआ और बाहरसे मजबूत देखने परभी अंदरसे मजबूत नहीं रहा तो बाकी सबकुछ रहनेपर भी आयु विकलांग हैं।

जीवन जीते समय, मनमें अच्छी भावना और अच्छा विचार होनेपर सपने देखते रहेंगे,

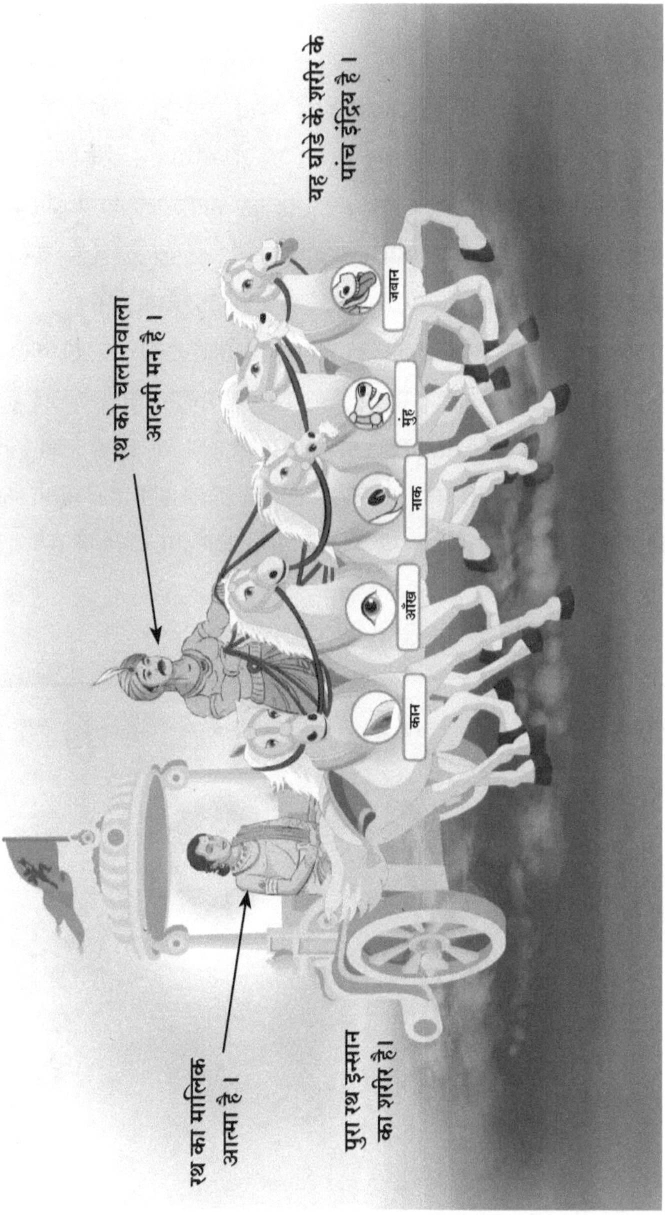

शरीर के इंद्रियोंद्वारा मन को आत्मा का मालिक न होकर आत्मा को मन का मालिक बनना चाहिए।

तो वे पुरे होंगेही।

किरण सर ने कहा- "हर आदमी अपने मनका आत्माद्वारा मालिक हैं। उसका एक उदाहरण हैं भगवद्गीता के श्रीकृष्ण भगवंत १५ वें अध्याय में अर्जुन से कहते हैं की, मनुष्य का शरीर देहरुपी रथ के समान हैं। देह का आत्मा मालिक हैं और मन देह का सारथी। सारथीके हाथ में जो लगाम हैं वे घोडेके हैं, वे पाच इंद्रियाँ हैं। उनमें से पहली इंद्रिय हैं कान, दुसरा नाक, तीसरी आँख, चौथी मुख और पाँचवी जीभ।

इन पाँच इंद्रियोंमें सफल होनेवाले लोग विचारोंका अच्छा उपयोग करते हैं। और मनको वशमे रखकर आत्माद्वारा देखे गये सपने को मनद्वारा पुरा कर लेते हैं, इसलिए सफल होते हैं। पर जो व्यक्ती सफल नहीं होते उनके लिये यह क्रिया उलटी होती हैं, वह यह की, मनका मालिक आत्मा बनना चाहिए, तो उलटा होता हैं। आत्मा का मालिक मन होता हैं और जैसा मन कहेगा वहाँ हम पाँच इंद्रियोंद्वारा दिशाहीन होते हैं। इसलिए

हमे जों सपनें पुरे करने है, उन सपनों कें चित्र हम जहाँ सोते है, वहाँ हमारे आँखो के सामने सपनों को बोर्डपर सपने चिपकाकर और सपनोंपर तारीख डाले। जैसे ही आप अपने सपनें लिखकर तारीख डालोगे उस दिन सें पाँच साल के अंदर आपके सपने पुरे होते है।

हमें योग्य साधन नहीं मिलता। यदी योग्य साधन चाहिए तो मनपर खूब अच्छा कंट्रोल (एकाग्र) होना चाहिए। मन को रोज एकांतमें रखना चाहिए और रोज सवेरे साधनामें रखना चाहिए। साधना का मतलब हैं ध्यान। ध्यानसे मन शांत रहता हैं। और मन शांत रहेगा, तभी योग्य साधन खोजकर उसपर काम करनेसे सपना पुरा होता हैं।

''सुरेश, मैं तुम्हें कुछ लोगोंका काम करने का तरिका बताता हूँ। जो लोग जीवनमें सफल नहीं होते, वे देवताओं पर खूब विश्वास रखते हैं। वह विश्वास तो रखनाही चाहिए, पर जैसा वे देवतापर विश्वास रखते हैं, स्वयंपर क्यों नहीं रखते? तो वे जैसा देवतापर विश्वास रखते हैं, वैसाही ऊनपर विश्वास रखकर उत्कृष्ट काम (कर्म) अच्छा करे और सफल हो ऐसा भगवंतने कहा हैं। जब महाभारत हुआ और कौरव- पांडवों में युद्ध होनेवाला था, तब अर्जुन के साथ श्रीकृष्ण भगवान रथ के सारथी थे।'' मुझसे पुछा- ''सही हैं क्या सुरेश?'' मैंने कहा- ''सही हैं।'' फिर सरने पुछा, ''यदी अर्जुनके साथ साक्षात श्रीकृष्ण भगवान रहते समय अर्जुनको धर्म और कर्म के लिये लड़ाई करनी पड़ी तो हम तो सामान्य मानव हैं। तो अपने लिये और अपने परिवार के लिये अच्छा ध्येय और अच्छा सपना देखकेही स्वप्नपूर्ती हो सकती हैं, इसलिए स्वयं के मन के मालिक आत्माद्वारा स्वयं होकर ठीक निर्णय लेना चाहिए और प्रेम, आनंदसे अपना और अपने परिवारका सपना पुरा करना चाहिए।

एक गरीब मनुष्य रईस आदमी बना नहीं सकता, पर एक रईस आदमी कई रईस आदमी बना सकता हैं। उसके लिये रईस आदमी की कुछ अच्छी आदतें हमें लेनी चाहिये, तभी हम सफल बनेंगे। कुछ अच्छा सीखने को मिला क्या तुझे सुरेश?'' मैंने कहा- ''सर, मुझे आपसे खूब अच्छी बातें सीखने को मिली।

आपने हमें भगवद्गीतामें के खूब अच्छे उदाहरण बतलाये। मैंने मनमें अच्छा निश्चय किया है की, मैं कल से भगवद्गीता पहले पढ़कर समझ लूँगा और आपने बतलाई हुई रईसोंकी अच्छी आदतें स्वयंको सौ प्रतिशत लगाने का प्रयत्न करूँगा। और सफल बनुंगा। किरण सरने कहा- ''अरे महत्त्वपूर्ण बात तुम्हें बतलाना भूल गया। तुझे दो अच्छी किताबोंके नाम बतलाता हूँ। तू उनमेंसे एक किताब रोज १५ मिनट पढ़। पहली किताब- 'यश तुम्हारे हाथमें'' के लेखक शिव खेरा हैं। और दूसरी किताब 'दि सिक्रेट'

की लेखिका रॉन्डा बर्न हैं। तो तू पहले 'यश तुम्हारे हाथ में' यह किताब पढ़। तुझे तेरा सपना पुरा करनेके लिये इन पुस्तकों की जरुरत महसूस होगी, और तुने जो सपने देखे है, वह जरूर पुरे होंगे। तुने जो सपने लिखे है, वह यदी सच में उतारना हैं तो तू जहाँ सोता हैं उस जगहपर तारीख डालकर उसे वहाँ चिपकाना होगा। उदाहरण देकर समझाता हूँ- ''तुझे जैसा बंगला चाहिये, वैसा चित्र निकालकर या तैयार चित्र लाकर उसपर तुम्हें जो तारीख चाहिए व्यवस्थित डालकर चिपका दो। तुने तारीख डालने के बाद उस सपने में एक जीव तैयार होता हैं। एक खूब बड़ी ताकद तैयार होती हैं और वह वस्तू या वह चित्र सतत (लगातार) देखकर अपना मन उस बात का सतत विचार कर सृष्टी या ब्रह्मांड हमसे वह स्वप्न पुरा कर लेता हैं। तू जहाँ सोता हैं वहाँ सपनों की लिस्ट डालकर चिपका। ध्यान में रहेगा क्या?'' किरण सरने मुझे कहा-

मैं- ''सर, आपने बतलाया हुआ सब अच्छी तरहसे याद रहेगा और आपका मैं बहुत आभारी हूँ और धन्यवाद! मैं चलात हूँ। फिर मिलेंगे।'' सर ने कहा- ''फिर मिलेंगे। Have a Good Day! तुम्हारा दिन शुभ हो- धन्यवाद।''

इस संपूर्ण विषयमें से मिलनेवाला संदेश या सीख-

१ ला संदेश

प्रत्येक इन्सान के छोटे-बड़े सपने होते हैं, पर उनका इन्कम (आय) बहुत कम होता हैं। बड़े सपने देखो और इन्कमके अनुसार आय बढ़ाना और सपना पुरा कर लेना।

२ रा संदेश

हर मनुष्य अपना सपना कागज़पर लिखकर उस सपनेपर सही तारीख डालकर वह सपना जहाँ सोता हैं, उस जगह के सामने चिपका दे। वह सपना सतत देखनेसे आपका मन उस मार्गसे चलेगा और ब्रह्मांडसे आपको लगनेवाली वस्तू या मनुष्यके मार्फत (माध्यमसे) आपका सपना पुरा होगा। और स्वप्नमें तारीख डालनेपर सपना सच होगा। करके देखिए हमने और सफल लोगोंने साबित किया है।

३ रा संदेश

हर मनुष्य अपने मन का मालिक न हो। देह से (शरीरसे) आत्मासें अपने मनके मालिक बने। मन को देह (शरीर) आत्माका मालिक बनने न दें।

४ था संदेश

हर मनुष्य ईश्वरपर पुरा विश्वास रखे, पर खुदपरभी पुरा विश्वास रखे।

५ वा संदेश

अर्जुन के साथ उसका मित्र श्रीकृष्ण भगवान रहते हुए भी उन्हें धर्म के लिये और कर्मके लिये युद्ध करना पड़ा इसलिए अपने परिवार के लिए एवं स्वयं के लिये अच्छा उत्तम कर्म करना पड़ेगा तभी अपना सपना पुरा होगा।

धन्यवाद!

***

पाठ ८

स्वयं खुश रहे, स्वयंपर प्रेम करे

हर साल की तरह हमने इस साल अनार के बाग मे फल लानेके लिए काम शुरू किया। पेड़ छाँटना, खाद डालना, मजदुरोंसे काम करवा लेना, कीटकनाशक दवा, जैविक दवा, खेतीमें दवाई का सिंचन इ. बहुत सारे काम मैं और मेरा परिवार हम सब खेतीमें काम कर रहे थे। उस साल हमारा नया घर बनाने का इरादा हुआ। क्योंकी मैं और मेरा परिवार सब मिलकर १० व्यक्ती घर में रह रहे थे। लोग जादा थे और जगह कम सुविधावाली। केवल किचन के साथ दो कमरे, हम उस घर में १९ सालोंसे रहते थे। धीरे धीरे सदस्यसंख्या बढ़ती गई, पर हमने घरका विस्तार नहीं किया, क्योंकी खेती में अच्छे सुधार करने थे, इसलिए हमने घरपर खर्चा नहीं किया। और खेत सुंदर, अच्छा बनाया। यह मालूम था, की अनारसे आमदनी अच्छी मिलती हैं। हिम्मत जुटाकर हमने ५ लाख रुपये खेती में खर्च किये, क्योंकी हमारा ध्येय अनार एक्स्पोर्ट करना था। उस हिसाबसे हमने अनारके लिये ५ लाख रु. खर्च किये।

धीरे-धीरे अनार को अच्छे अनार लगे। जैसे- जैसे फल अनारके पेड़ को लगने लगे हम बंगलेका सपना देखने लगे। रोज घर में विषय यही रहता था की, हम अच्छा किचन बनायेंगे। मेरी पत्नी कहती- हम इस तरहका किचन बनायेंगे, इस तरह का छोटासा पूजाघर बनायेंगे। भाई और उसकी पत्नीका अपना हॉल और बच्चों की स्टडी रूमका था। बेडरूमका तो सबका था ही। हर एक का कुछ ना कुछ कहना चलता था। सबसे बड़ी मेरी इच्छा दुमंजिली बंगला बनानेकी थी और आवश्यकता भी थी। इसलिए घरके व्यक्तियोंसे कहा की, हमें दो किचन, दो हॉल, दो पूजाघर,

दो स्टोअर रूम, चार बेडरूम, चार बाथरूमवाला सुंदर बंगला बनायेंगे। सबका सपना यही था।

हमने खेती के लिये ५ लाख रु. खर्च किये थे, लेकिन हमें मालून नहीं था की, फिरसे हमपर संकट आनेवाला हैं। उस वर्ष बारिश (ईश्वर)ने हाजिरी लगायी ही नहीं। बारिश न होनेसे खेती को पानी कम मिलता रहा। अनारवृक्ष को सुंदर फल लगे थे, घरके व्यक्ती खूब चिंता में थे। सबने मुझसे पुछा की, हम पेड़ बचायेंगे कैसे? और आमदनी बढ़ायेंगे कैसे? मैंने कहा, ''दो में से कोई एक विचार अमलमें आ सकता हैं। कुछ तो सही रास्ता निकाल लेंगे। तुमसब परिवार के लोग दुःखी मत हो। मैं अनिल तिडके के घर जाकर कोई तरकीब लेकर आता हूँ। मैंने अनिलभाऊ को फोन किया। और उन्होंने उठाया- मैंने कहा- ''अनिलभाऊ नमस्ते, कैसे हो?'

वे बोले- ''नमस्कार, मजे में हूँ।

मैं- अनिलभाऊ। मुझे आपकी मदद चाहिये थी।

वे बोले- बोल मैं तेरी क्या मदद कर सकता हूँ।'' मैंने कहा- ''मुझे आपसे मिलना हैं। अनारके बारेमें मशवरा करना हैं। तो मैं आपके यहाँ कब आऊँ?'' उन्होंने कहा- 'दोपहर ठीक दो बजे। तब फुर्सद मिलकर शांत बैठा रहूँगा?'' मैंने 'ठीक है' कहा। दो बजेका वक्त देकर फोन बंद किया।

मैने खेती को पानी दिया। खाद डाली और कुएँके पास बहुत देरतक सोचते बैठा की, इस कुएँके आड़ा-तिरछा छेद बनाने पर थोड़ा तो पानी बढ़ेगा। बड़ा बोरवेल मशिन लाकर छेद करके देखेंगे। ऐसा विचार करही रहा था की, दो बजने को आये। मैंने घरमें बतलाया की, अनिलभाऊ के खेत में जा रहा हूँ। उनसे पूछकर पानीका फैसला लेंगे। क्योंकी उनकी भी पानी की समस्या होगी। चलो, मैं आता हूँ, थोडीही देर में अनिलभाऊ के यहाँ पहुँचा। वे खेती में दवाका फव्वारा मार रहे थे। तबतक राह देखता रहा। थोड़ी ही देर में वे आये और मुझसे बोले की, अरे, मैंने तुम्हें बुलाया हैं यह मेरी याद में ही नहीं रहा। बैठे रहो तबतक मुंह, हाथ-पाँव धोकर आता हूँ। थोड़ी ही देर में वे आये। चर्चा हुई। अनिलभाऊने पुछा की, अनार कैसे हैं? मैंने कहा- ठीक हैं, लेकिन पानीकी गंभीर समस्या हैं। वे बोले- तेरी अकेले की थोड़ेही

हैं। खेती और पिनेका पानीकी सब लोगोंको गंभीर समस्या हैं। हमारी भी समस्या हैं।

हम सब घरके व्यक्ती पानी के नियोजनपर सोच रहे हैं। मैंने पुछा- नियोजन क्या और कैसा हैं? उन्होंने कहा- एक तो हमें खेततालाब बड़ा (विस्तारीत) बनाना चाहिए था। पर यदि अभी भी बढ़ाया तो भी उसमें पानी लायेंगे कहाँ से? यह भी एक सवाल हैं। दुसरी बात, कुएँ में आड़ा-तिरछा कैसा भी बोरिंग किया तो भी जमीन मेंही पानी नहीं तो बोरिंगसे क्या लाभ? मैंने पुछा- आगे करना क्या हैं? उन्होंने कहा- पर्याय एकही हैं टँकरसे पानी लेना (पैसोंसे) या टँकर खरीदकर पानी तलाशना। और पानी लाकर अच्छी खेती करना। पानी व्यर्थ जाने न देना और मल्चिंग पेपर डालना या पेड़ के नीचे चिपट कचरा अर्थात् आच्छादन करना, जिससे पानीका बाष्पीभवन न होकर पानीकी अच्छी बचत होगी। ऐसा नियोजन चलेगा। मैं बोला- ''आपका कहना सही हैं। ऐसा करके ही पानी बचा सकते हैं। चलो में टँकरसे पानी कहाँसे मिलेगा यह देखता हूँ और अच्छी अनारबाग बनाता हूँ। चलो, आता हूँ। उन्होंने कहा, मुझे भी खेतीपर दवा मारनी हैं कहकर वे उनके कामपर चले गए और मैं भी वापस आया।

फिर मैं घर आया और घरकी व्यक्तिोंसे कहा की, अनिलभाऊने सुझाया हैं कि या तो टँकर खरीदो या टँकरसे पानी लो। दोनों मेंसे एक करो। मेरा मत था खेती में बोरिंग करना। भैया, भाभीने भी 'हाँ' कहा। तबतक टँकरसे पानी लेना तय हुआ। बोरिंगवालोके पास गया और मशिनरी लाकर बोरिंग किया। कुएँ को थोड़ासा पानी लगा। लेकिन उतने में हमारी खेती की प्यास बुझनेवाली नहीं थी। हमने १४०० रु. में १२ हजार लि. पानी के हिसाबसे रोज ४ टँकर पानी मँगाया। ऐसे ३ महिने पानी डाला। तीन महिनों बाद बारिश हुई। टँकरसे कुल ६ लाख रु. का पानी डाला। उससे अनार के पेड़ और फलों में जान आ गई। उतने में ईश्वरने एक (चॅलेंज) संकट और भेजा।

माँ को पॅरॉलिसिस (लकवा) हुआ। घर के सभी टेन्शन में आये। माँ को १३ दिनोंतक (स्पेशल रुम) में रखा। १४ वें दिन उसे थोड़ा स्वस्थ लगने लगा। हमने अस्पताल का पुरा बील ४ लाख रुपिये चुकाया और उसे घर ले आये। अनार के

फल पुरे तैयार हुए। वे हमने व्यापारी को बेचे। उसके १५ लाख रुपये हुए। उनमें से उसने १० लाख दिये और ५ लाख रुपये लेकर भाग गया। यह और एक संकट मुझपर आया। ऐसे पुरे पैसे खर्च हुए। वह खर्चा परिवारसमेत खेती को ५ लाख रु., बच्चोंकी शिक्षा एवं घरखर्चा ५ लाख रु., टँकरसे पानी डाला उसके ६ लाख रु. व्यापारी ले गया वे ५ लाख रु. और माँ को दवापानी का खर्चा ४ लाख रु. इस तरहसे २५ लाख रु. २०१६ और २०१७ में खर्च हुए। हमें मिले केवल १० लाख रु. अब हमपर १५ लाख रु. का उल्टे कर्जा बाकी रहा। अलावा इसके अगले सालका घरखर्चा और खेती के १० लाख रु. प्रतिवर्ष के हिसाबसे। माथेपर चढ़े २५ लाखके कर्जे के टेन्शनमें दुखी रहने लगे।

टेन्शन में रहते समय मेरे मनमें अच्छे विचार नहीं आते थे और जो अच्छे सकारात्मक किताबे पढ़ता था वे भी बंद हुए। अच्छे मित्रों में जाना बंद हुआ और

इंद्रियोंद्वारा मन को शांत-संयमी रखना हो या गलत रास्ते में सें निकलना हो तो ईश्वर नें बताया है, की मन को सिर्फ ध्यान और साधना सें शांत और संयमी रखा जा सकता है। जब इंद्रियोंद्वारा मन शांत रहेगा हम अच्छा सोच कर अच्छे दिशाकीं ओर जायेंगे।

हम जिंदगी में अनजाने कचरे जैसे नकारात्मक विचार घर में लाते रहते है । तो हमें नकारात्मक विचार मन में न लाकर सकारात्मक विचार अपने घर में लाने चाहिए । तब घर में सब लोग खूश रहेंगे ।

बुरे मित्र धीरे धीरे जुड़ गए। इसलिए मन में नकारात्मक विचार आ रहे थे। हमें कुछ नहीं सुझ रहा था। हम बारबार यही सोचते थे की, बच्चों को सामान्यस्तरीय स्कूल में डालेंगे। इससे सालाना १।। लाख रुपये बचेंगे। कारण ४ बच्चों की पढ़ाईके लिये १ लाख ७० हजार रुपये लग रहे थे और घर व्यवस्थित चलाने के लिये ३ लाख रुपये। खेती का खर्चा ५ लाख रु. सालाना १० लाख रुपये लगताही था।

इस टेन्शनके कारण मेरे स्वभावमें चिड़चिड़ापन और क्रोध आया। मन नकारात्मक बातों की तरफ भागने लगा। परिवारकी जिम्मेदारी लेने में घबराने लगा। कामकी, परिवारकी जिम्मेदारीसे दूर भागने लगा। चिड़चिड़ेपन और टेन्शन की अपेक्षा कम मेहनतमें आनंद कहाँ मिलेगा सोचने लगा। बँक लोन (कर्जा) खूब बढ़ रहा था। पारिवारिक चिंताके कारण बुरे रास्तेपर चलता रहा और उसमें उलझ गया। पहले जितना सकारात्मक विचार करता था, संकटोंसे घबराता नहीं था, स्वभाव गुस्सैल, चिड़चिड़ा नहीं था। स्वयं खूब आनंद में रहता था और परिवारको भी आनंद में

रखता था, पर जैसेही संकट आये, बुरे रास्तेकी तरफ बढ़ा। पर एक स्वप्न ऐसा था की ईश्वरने हमें जन्म दिया हैं कुछ तो भलाई करनेके लिये। अपना, अपने परिवारका सपना पुरा करने के लिये। मैं गलत जगह गया हूँ? तो इस गलत जगहपर यशस्वी लोग हैं क्या? अन्यथा ऐसा विचार करता था की, जो भी यशस्वी व्यक्ती थे और हैं वे बुरी संगतमें रहते थे क्या?

जो लोग धनवान सफल हुए वे इस जगह पर पहुँचकर धनवान हुए हैं क्या? यदी मुझे सफल और धनवान बनना हैं तो सभी गलत आदतें और सहवास पहले बंद करने होंगे। क्योंकी सफल और धनवान लोग गलत आदतें नहीं लगा लेते। वे अच्छी आदतें लगा लेते हैं। तो मुझे भी अच्छी आदतों में, अच्छे लोगों में रहना होगा। समझ रहा था, पर सुधर नहीं रहा था। घरमें और खेती में खूब काम करता। श्याम ढ़लने के बाद होटल जाता और घर आने के बाद भोजन करके झगड़ा न करके सोता था। ऐसा बहुत दिन चलता रहा। घर के लोग समझाकर थक गये की, तू इस बुरे मार्ग से दूर रह। मेरे मित्रभी मुझे समझाते थे की, तू खूब बुरे मार्गपर दीखता हैं, वह बदल। और सगे मामाने भी बतलाया की, गलत रास्ता छोड़ा तो तुम्हें जीवनमें कुछ कम नहीं रहेगा। यदी तुमने मेरा सुना नहीं तो तेराही हात तेरे गले पड़ेगा। सबने समझाया, पर मैं किसीकी नहीं सुन रहा था। क्योंकी, मैं गलत मोहमाया में उलझा था। उस गलत आदतकी नशा मनमें फैल रही थी। इस नशेसे बाहर ही निकल नहीं पा रहा था।

मेरा दो बार मोटरसाईकलका ॲक्सिडेंट हुआ। एक बार कार का। फिर भी मैं गलत रास्ता नहीं छोड़ रहा था। मैं घरके व्यक्तियों को कहता की, मुझे यह मार्ग छोड़ना हैं, पर कैसे गलत मार्ग छोडू यह नहीं समझ पा रहा था। सब कह रहे थे मन पर कंट्रोल रख। मन को उस जगह मत जाने दे। गलत रास्ते की सोच दिमाग में आनेपर घरवालों की याद कर। बच्चों को आँखोंके सामने ला, जिससे गलत रास्ता नहीं दीखेगा। घर के लोगोंने इतना बहुत कुछ समझाया, पर उसका मुझपर प्रभाव नहीं पड़ा। हर एकने मेरे बारे में अच्छा प्रयत्न किया, लेकिन मैं सुधरने को तैयार नहीं था।

पुरा परिवार, सगेसंबंधी, मित्र बोल रहे थे की, यह गलत रास्ता तेरेही मनके नियंत्रणसे बंद हो सकता है, पर किसीने यह नहीं बतलाया की, मन पर यदी नियंत्रण

रखना हैं तो साधना, ध्यान और प्राणायाम करके मनपर कायम नियंत्रण रखा जा सकता हैं।

एक दिन मैं और मेरा मित्र जानोरी गाँवसे निफाड को खेतीविषयक मिटिंग (चर्चासत्र) को जा रहे थे। मैंने मित्रसे पुछा की, अशोक वाघ भाऊ, गलत आदतें लगनेपर आपने किस प्रकार रोकी?'' वे बोले- ''अरे सुरेश, ये आदतें या दुनियाकी कौनसी भी वस्तू जो गलत हैं वे केवल मनद्वारा नियंत्रण में रखी जा सकती हैं।'' मैंने कहा- ''आप जो बोल रहे हो, बराबर हैं। पर दोस्त-यार, घर के लोग सभी मुझसे यही कहते हैं की, मन पर नियंत्रण रख। मेरी यह समझ में आया, लेकिन कैसे वह बतलाईये। वे सोचने लगे की, सुरेशको क्या जवाब दे। फिर थोड़ी देर बाद वे बोले की, तू मोबाईलके इंटरनेट पर या युट्यूबपर जा। और अपने मनपर नियंत्रण कैसे रखना हैं बतानेवाले बहुत सारे अच्छे व्हिडिओ हैं वे देख और उनका अपने शरीर और मनपर उपयोग कर।

हम मिटिंग की जगहपर पहुँचे, पर हम वहाँ पहुँचनेपर हमारे पास जो फसल थी, उसके बारे में जानकारी नहीं मिली, इसलिए मैं थोड़ा नाराज हुआ की, आज मुझे कुछ अच्छा सीखने नहीं मिला। लौटते समय मैंने युट्यूबपर सर्च किया। खोजा। तो उसमें खूब सुंदरतासे मनके बारे में बतलाया था और खूब अच्छा व्हिडिओ (चित्र) सिनेमा था। उसमें मन के बारे में अच्छी तरहसे समझाया था। एक दिन मेरे छोटे भाई गौतम मुरलीधर वाघने बहुत सुंदर श्रीकृष्ण भगवानका व्हिडिओ भेजा। वह मैंने शांत मनसे देखा और सुना। वह व्हिडिओ मुझे खूब पसंद आया। मुझे श्रीकृष्ण भगवानका व्हिडिओ बहुत पसंद आया। उन्होंने एक सुंदर कहानी बतलाई हैं। एक विचार बतलाया हैं की, सिर्फ ध्यान और साधना योग से मनको नियंत्रित रखा जा सकता हैं। वह मेरी अच्छी तरह समझमें आया। फिर मैं व्यवस्थित ध्यान करने लगा। उससे मुझमें थोड़ा और अच्छा बदलाव आया। गलतियोंका प्रमाण ८०% कम हुआ।

एक दिन मैं कीर्तन में गया। मेरे साथ मेरी पत्नी थी। हम दोनों मोटरसाईकिलसे मोहाड़ी गांव पहुँचे। वहाँ देखा की, एक स्त्री (लेडीज) कीर्तन कर रही थी। हम झट्से वहाँ जा बैठे और कीर्तन सुनने लगे। उन्होंने बहुत अच्छा उदाहरण देकर समझाया।

वह मुझे और मेरी पत्नीको पसंद आया। वह स्त्री बोली की, हम हमारे घर को अंदर और बाहरसे साफसुथरा रखते हैं। साफसुथरा रखने के बाद यदी किसी पड़ोसी या स्त्रीने आपके घरमं यदी कूड़ाकचरा फेका तो आप उनके साथ क्या करेंगे? कुछ स्त्रियोंने कहा की, वे झगड़ा करेगी। वे बोली की, हमने हमारा घर खूब साफसुथरा किया हैं और दुसरे घर की स्त्रीने हमारे घर में कचार डालना गलत है, इसलिए हम हमारे पड़ोसवाली स्त्रीने कूड़ाकचरा फेका, तो सौ प्रतिशत झगड़ा करेगी। ठीक वैसेही हमारे जीवनमें भी नकारात्मक बातोंका कचरा जाने- अनज़ाने (असावधानीसे) लोग लेकर आते है और वह विचार नकारात्मक होनेसे हमारे जीवनमें और परिवारमें कुछ गलतीसे नकारात्मक विचार आते हैं, इसलिए आपके हाथोंसे असावधानीसे पाप या गलती होती हैं और आप बुरे रास्तेपर चलते हैं। इसलिए हमे अच्छे लोगोंमें रहना चाहिये। अच्छे विचार और सात्विक आहार ग्रहण करना चाहिए। दुशित आहार, क्रोधीत आहार या नशिले पेय ग्रहण करनेसे हमारे विचार और हमारी वाणीसे निकले शब्द यह सब नकारात्मकही रहेंगे इसलिए सकारात्मकता बढ़ानी चाहिए, जिससे की, बाद में गल्तियाँ न हो।

उस कीर्तनकार स्त्रीके अच्छे विचार सुनने के बाद में सात्विक आहार खाने का सोचे विचार करने लगा। और १०० प्रतिशत अच्छी आदतें कैसी स्वीकारनी चाहिए यह खूब अच्छी तरहसे समझा। कीर्तन बहुत अच्छा हुआ। मैं और मेरी पत्नी हम घर व्यवस्थित आए। घर आनेपर मैंने पत्नीसे कहा की, मेरी गल्तियाँ मैं समजा, वे ये हैं की, मैं बुरे रास्तेपर गया था। उसमें से बाहर कैसे निकलना हैं मालूम नहीं था, पर आज मेरी समझमें आया हैं की, इसमेंसे बाहर कैसे निकलना हैं। मेरी गल्तियाँ ये हैं की, जब हमारे परिवारपर संकट आ रहे थे, उन संकटोंपर मात न करके उनपर चीढ़ता था और स्वयं को यातना देता था।

संकट आनेपर फिर संत्रस्त होता था। और खुद को यातनाएँ देता था, फिर मनः शांतिके लिये होटलमें जाकर गलत आदतों में डुबा रहता। मेरा मनपर नियंत्रण नहीं रहा, पर एक बात ध्यान में आयी की, जिस बात को हम विरोध करते हैं वह बात या वस्तू हमारे जीवनमें आती रहती हैं। उनका विरोध करनेपर फिरसे (बार-बार)

आतीही रहती हैं। प्रतिकार करनेपर गलत और आदतें लगती हैं। यदी इन्हें बंद करना हैं तो प्रेम और आनंदसे बंद होती हैं। उन वस्तुओंसे या अच्छी आदतोंपर प्रेम करके हमें कुछ तो अच्छा जीवन बनाना हैं, इसलिए वे खराब आदतें अब नहीं चाहिए कहकर वे प्रेम, आनंदसे बंद की और मैं स्वयंपर प्रेम करने लगा। आनंद में रहने लगा।

श्रीकृष्ण भगवान का एक वाक्य मुझे बहुत अच्छा लगता हैं। वह यह की, यदी हमें मनपर कायम नियंत्रण रखना हैं तो ध्यान, साधना और योगा करने से मनपर १००% नियंत्रण रख सकते हैं। और वैसा करके मैंने खुदपर १००% नियंत्रण रखा हैं। पत्नीने कहा, तुम रोज प्रातः ५ बजे नींदसे उठते हो तो ध्यान करते हो। इसलिए मनपर कैसे नियंत्रण रखना हैं यह आपको समझ में आया। मैंने कहा- हाँ, इसी कारणसे अब मै किरण सरके मार्गदर्शनानुसार सब सपना लिखकर कागज़ सोने की जगह चिपका देता हूँ। सरने बतलायी हुई सकारात्मक किताबें पढ़ता हूँ और रोज अच्छी आदतों की प्रॅक्टिस करता हूँ।

इस प्रकार मेरी खराब आदतें खूब अच्छे प्रकारसे मैंने बंद की और देखा हुआ सपना योग्य तारीखें समेत जहाँ सोता हूँ वहाँ चिपका दिया। इससे पुरा परिवार आनंदित रहने लगा। और मेरी खराब आदतें हमेशा के लिए बंद होनेसे श्रीकृष्ण भगवान और सृष्टीके आभार माने। धन्यवाद!

इस संपूर्ण विषयमें से मिलनेवाला संदेश या सीख-

१ ला संदेश

हमपर या परिवारपर संकट आनेपर उससे न घबराकर उसमें से बाहर निकलनेका योग्य रास्ता ढूँढ़कर संकटसे बाहर आना चाहिए। और हमेशा खूश रहना चाहिए।

२ रा संदेश

हम जब बाहर जाते हैं तब बाहर का कचरा अपने घरमें नहीं लाना हैं। अर्थात् बाहरकी नकारात्मक विचार अपने घर में कोई भी न लाये, जिससे सकारात्मक विचार उत्पन्न होकर स्वयं आनंदी रहेंगे। परिवार को आनंदी रखेंगे।

३ रा संदेश

हम अपने मन को साधना, ध्यान और योगासे नियंत्रित रख सकते हैं। ये सभी ज्ञानकी साधना कर सकते हैं या योग्य साधन इस्तेमाल करके मन नियंत्रित कर सकते हैं। ऐसा श्री कृष्ण भगवानने कहा हैं।

४ था संदेश

हमें जीवन में यदी कोई वस्तू नहीं चाहिए तो उस वस्तुपर या विषयपर क्रोध नहीं करना हैं, नहीं चिढना हैं। ऐसा करनेपर वह वस्तू और विचार कायम हमारे रोज़ाना जीवनमें आते हैं, इसलिए वैसा न होने के लिये प्रेम और आनंदसे अच्छे विचार मन में लाने हैं और अच्छे विचार आनेपर हमारे लिये अच्छाही होगा ऐसा विचार करना हैं।

५. पाँचवा सबक

स्वयंपर प्रेम करो। परिवारपर खूब प्रेम करो। अपने मित्र, सगे संबंधियोंपर प्रेम करो। दुनिया के सब मानव, व्यक्ती और प्राणी इनपर प्रेम करो। अपने सपनोंपर खूब प्रेम करो। सफल व्यक्ती यही सोच रखकर सफल होता है।

धन्यवाद!

***

पाठ ९

स्वयं को बदलकर स्वयं का सपना आनंदसे पुरा करो

साल २०१९ में हम खूब आनंद में थे, क्योंकी की, मैं रोज प्रातः ५ बजे उठकर ध्यान, कसरत और सकारात्मक पुस्तकोंकी पढ़ाई करता था। और घरके सब बच्चे, व्यक्ती खूब आनंद में थे, क्योंकी की, जैसी हमने सपनोंपर तारीखें डाली वैसा रोज अच्छा हो रहा था, परिवार सानंद था, क्योंकी मुझे जो खराब आदतें लगी थी वे मैंने पुरी तरह से कायम बंद की। मैं घरके सब काम निपटकर खेत गया। खेती का सब काम पुरा किया और खेतीमें लगनेवाली सभी दवाईयाँ लेने गाँव में आया।

दवाईयाँ ली और मित्र के साथ खेतीविषयक चर्चा करते बैठा। इतने में मेरा मित्र भारत वहाँ आया। और बोला की, सुरेश तेरा बहुत बहुत अभिनंदन। मैंने पुछा किस बात का? भारत बोला की, हम अंतःकरण से हर वक्त तुझे जो समझा रहे थे, तू नहीं सुनता था। मैंने कहा- जो बतलाना हैं, ठिकसे बता। भारत बोला, अरे तुने तेरी गलत आदतें वह पुरी तरह बंद की, इसलिये अभिनंदन। मैं बोला, हाँ वह तो ठीक हैं। वे आदतें बंद होनेही वाली थी, लेकिन सही रास्ता नहीं मिल रहा था। अब वह मिलनेसे फिजुलकी और खराब आदतें बंद पड़ गयी। मैं बोला बैठ यहाँ, हम चाय लेंगे। गप्पेभी हाकेंगे। भारत एक वाक्य, सुंदर बोला की, जीवनमें खुदको बदलना बहुत मुश्किल हैं। और तुने वह थोड़ा ही किया हैं। सौ प्रतिशत स्वयं को बदलना होगा। मैंने कहा की, बदलनेका कामही कर रहा हूँ। भारत बोला, अरे व्वा! बहुत अच्छा। मैं तुम्हारी कुछ मदद करूँ क्या? मैंने पुछा क्या मदद करेगा? उसने कहा की, एक विदेशी व्यक्तीने महात्मा गांधीपर बहुत अच्छी किताब लिखी हैं। वह तू पढ़ेगा क्या? मैंने कहा- पढुंगा। वह किताब मुझे दे। वह बोला, घर आकर वह किताब ले जा। इतना

कहकर घर आया। उसने मुझे वह सुंदर किताब दीं। मैंने धन्यवाद कहा। घर आया।

भोजन करके मैं किताब पढ़ने लगा। वह किताब खूब सुंदर और सरल भाषा में थी। किताब पढ़ते समय कंटाळा (आलस) नहीं आ रहा था। उस किताब में गांधीजीका एक सुंदर उदाहरण दिया हैं। वह मुझे पसंद आया। वह मैंने मेरा भाई, पत्नी और बच्चोंको कहानीके रुप में बतलाया।

महात्मा गांधीजी के समय में सब लोक उनकी बात सुनते थे। कहानी इस प्रकार थी- ''एक गाँव में एक औरत छोटे बच्चे के साथ रहती थी। उसका लड़का दिखने में सुंदर और नटखट था। उस लड़के को खराब आदत लगी थी। वह यह थी, की वो रोज खूब शक्कर खाता। माँ ने बहुत बार समझाया की, बेटा इतनी शक्कर मत खा। उससे पेट दुखेगा, पेट में कीड़े होंगे, पर वह सुनता ही नहीं था। उसकी माँ इसलिए बेजार (संत्रस्त) हुई थी। अब इस बच्चे को कैसे बताऊँ? सोच रही थी। एक दिन उसके पास उसकी सहेली आई और पुछा- ''कैसी है तू?'' उसका जवाब- ठीक हूँ। सहेली- और लड़का? बच्चे की माँ- ठीक हैं, पर मेरा लड़का एक खराब आदतका शिकार हुआ है। सहेली के पूछनेपर बतलाया की, बच्चा खूब शक्कर खाता हैं। उसे समझाकर थक गई हूँ। मेरी बात सुनताही नहीं। सहेली- एक आदमी हैं। उनके पास जा। उनकी बात वह सुनेगा और मानेगा। बच्चे की माँ ने पुछा की, कौन हैं वह आदमी? सहेली- महात्मा गांधी. उनका कहा हुआ वाक्य पुरा हिंदुस्तान सुनता हैं। तेरा बच्चाभी सुनेगा और मानेगा। बच्चे की माँ ने कहा की, यदी ऐसा हैं तो मैं उसे उनके पास ले जाती हूँ और ले जानेका तय किया।

एक गुरुवार के दिन ५० कि.मी. अंतर पार करके वह बच्चे को लेकर महात्मा गांधी के पास पहुँची। कुछ देर बाद गांधीजीने पुछा की, क्या काम हैं? बच्चे की माँने कहा की, आपकी मदद चाहिए। बापूजीने पुछा की, क्या मदद चाहिए? बच्चे की माँने बतलाया- यह मेरा बच्चा हैं। नाम हैं चेतन। यह रोज शक्कर खाता हैं। इसे समझाकर मैं थक गई हूँ, पर सुनताही नहीं। हिंदुस्तानके सभी लोग आपकी बात मानते हैं, इसलिए मुझे ऐसा लगा की, वह भी आपकी बात मानेगा। महात्मा गांधीने कहा- माताजी, तुम बच्चे को घर ले जा। एक महिने बाद मिलने आना। उसी वक्त

बच्चे को बतलाऊँगा, वह औरत घर लौटी और सोचने लगी की, गांधीजीने एक महिने बाद क्यों बुलाया होगा?

थोड़े दिन बीतते हैं। एक महिने के बाद वह औरत बच्चे को गांधीजीके पास ले गई। और बतलाया की, एक महिने बाद आपने बुलाया था। गांधीजीने कारण पुछा, तो उसने कारण बतलाया। बच्चा खूब शक्कर खाता हैं, तो आपही समझाईये की, मत खा। माँ का बतलाया गांधीजीको याद आया। उन्होंने कहा- बेटा, इधर आ। नज़दीक जानेपर उन्होंने बच्चेसे शक्कर न खाने को कहा। पेट दुखने और पेटमें कीड़े होने की बात भी समझायी। बच्चेने हामी भरी। गांधीजीने बच्चे को लेकर गाँव वापस जाने को कहा। यह भी कहा की, इसे ठीकसे समझाया हैं। चलते समय औरतने पुछा की, बापूजी एक महिने पहले आपसे पहली बार मिलने आई थी, तब आप यह बात बच्चे को समझा सकते थे। एक महिने बाद क्यों बुलाया ? महात्मा गांधीने बतलाया की, एक महिने पहले मैं खुदही शक्कर खाता था। इसलिए मैं तुम्हारे बच्चे को कैसे समझाता? पहले महिनेतक मैंने खुद शक्कर खाना बंद किया, तब मुझे उसे मना करनेका अधिकार मिला।

हम सब परिवारके सदस्य कहानी सुनकर हँसने लगे, क्योंकी गांधीजीका जवाब मजेदार था। मैंने भाई और पत्नीसे पूछा की, इस कहानीसे हमें क्या सीख मिलती हैं? भाई बोला, - महात्मा गांधीने स्वयं पहले शक्कर खाना बंद किया। बादमें शक्कर खानेकी दुसरों को मनाई की। मैंने कहा- सही बतलाया, पर हम अपने जीवनकाल में दुसरों को बदलना चाहते हैं, लेकिन स्वयं नहीं बदलते। महात्मा गांधीके उदाहरणसे यह संदेश मिला की, पहले स्वयं बदलो। दुनियाको बाद में।

मैंने घरके सदस्योंसे कहा- दुनिया का कुछ भी रहे, मुझे स्वयं अच्छी तरह बदलना हैं और आपका सबका सपना पुरा करना हैं। ऐसा कहकर घरके व्यक्तियोंको अपना अपना काम ठीकसे करने को कहा। मुझे किताब पसंद आई। भारत को फोन करके बतलाया। भारतने फोन उठाया व मैंने उससे कहा- जय श्रीकृष्ण। वह हँसकर बोला- नमस्कार सुरेश, बोल फोन क्यों किया? मैंने कहा- किताब खूब अच्छी हैं। मुझे बहुत पसंद आयी। खूब सीखने को मिला। और मिलनेवाला हैं। धन्यवाद। वह

पहला मौका साधू महाराज को गाववालों कें रूप में मिला पर उन्होंने वह अच्छा मौका पहचाना ही नहीं। ऐसा हमारे साथ होता है ।

दुसरा मौका साधू महाराज कों गांववालों और नाँव के रूपमें मिला पर उन्होंने वह अच्छा मौका पहचाना ही नहीं । ऐसा ही हमारे साथ होता है।

तिसरा मौका साधू महाराज को हेलिकॉप्टर और लोगों के रूप में मिला । पर वह इस मौके कों भी नहीं पहचान पाये । ऐसे बहुत सारे मौके हमारी जिंदगी में आते रहते है । उनको न पहचानने की वजहसें हम उन मौकों को अपने हाथ से गवाँ देते है । इसलिए हम सफल नहीं होते ।

बोला- अरे, उसमें कैसे आभार? किताब ऐसेही पड़ी थी। यूहीं बात निकली, इसलिए तुझे किताब दी। मैं बोला- भारत, तेरे बारे में कुछ अच्छा जीवनका अनुभव है क्या? जो बात या कुछ अच्छी आपबीती हो तो। भारत बोला- बहुत कुछ हैं। तू मेरे घर आ। फिर हम बात करेंगे। फोनपर क्या और कितना बोलेंगे? वह बाते तो आमने-सामनेही बोलेंगे। मैंने कहा- मेरे पास वक्त हैं। मै तुरंत आता हूँ, मैंने घरवालोंको बताया, की मुझे भारत ने घर बुलाया है। मैं दस मिनट में उसके घर पहुँचा।

भारत का खुदका खेत हैं। और वह बिल्डरभी हैं। जमीन खरीदना -बेचना भी उसका व्यवसाय हैं। बहुत सारी प्रगती की हैं जीवनमें। वह भी मेरी तरह पितृविहीन हैं। बचपनमें ही उसके पिताका देहांत हुआ। बाद में पुरे परिवारकी जिम्मेदारी लेकर उसने अच्छा विकास किया है और परिवार के साथ प्रेमसें, आनंदसे रहता हैं।

भारत की गुलाबकी बाग हैं। मैं उसके घर गया। वह गुलाबमें काम कर रहा था। मुझे देखा, वह घर की तरफ आया। और हमने अच्छी खेतीके बारे में चर्चा की। फिर मैंने उससे कहा- ''भारत बोल तेरे जीवन का एखाद प्रसंग, जिससे तेरे जीवन में प्रगती हुई होगी। खुद में बदलाव आया होगा।'' भारत ने कहा- ''हम जीवन जीते समय ऐसा विचार करते हैं की, मेरे लिये कोई जादु होनी चाहिए। अचानक कुछ भी किये बिना चमत्कार होना चाहिए। और खूब पैसा आना चाहिए। वे बातें मेरे हाथों सहज होनी चाहिए। ऐसा सपना देख रहा था।''

एक दिन क्या हुआ की, मैं सकारात्मक किताब पढ़ रहा था। उसमें बहुती सी सकारात्मक बातें थी। वे मुझे बहुत पसंद आयी। वे तुझे बतलानी थी। इसलिए तुझे घर बुलाया। मैंने कहा- ''बहुत अच्छी बात हैं। मुझे बता दे।'' भारत ने समझाया- ध्यान से सुन, समझ ले। एक सुंदर गाँव था। उस गाँवके सभी लोग खूब आनंदसे रहते थे। उस गाँव में सुंदरसा शिवमंदिर था। मंदिर मशहूर था। उसमें एक साधू महाराज रहते थे। वे कट्टर शिवभक्त थे। पुरा गाँव और गाँव की हर व्यक्ती उनका आदर सम्मान करते थे।

एक दिन क्या हुआ की, खूब जोरदार बारिश आई। वह निरंतर दस दिन चलती रही, इसलिए नदी में बाढ़ आयी। गाँव के पास बहुत बड़ा बांध था। बारिशसे वह

फुटा। बांध़ का, नदी का, बारिश का पानी इनकी वजहसे बहुत सारा पानी गाँवमें घुसा। गाँव डुबने लगा। अलोट पानीके प्रवाहसे घबराकर लोग घर छोड़कर भागने लगे। गाँवसे बाहर निकलने लगे। कुछ ग्रामस्थ मंदिर में आये। साधू महाराजसे मिले। साथ चलनेको कहने लगे। साधू महाराज बोले- आप सभी निकल जाओ। मुझे गाँव छोड़नेकी आवश्यकता नहीं। मैं ईश्वरकी आराधना करता रहूँगा। मैं भगवान शिव का अटल भक्त हूँ। उनकी आराधना करूँगा। वे आवश्य बचाने आयेंगे। ग्रामस्थ बोले, ''साधू महाराज हमारा थोड़ा सुनिये। गाँव के बाहर चलिए। पुरा गाँव डुबनेवाला हैं।'' साधू महाराजने एक ना सुनी। गाँव के लोग गाँवके बाहर गये। थोड़ीही देर में बाढ़का पानी मंदिरमें घुसा। मंदिर के खंभेतक चढ़ा। महाराज खंभेपर चढ़े। थोड़ीही देर में गर्भागारकी देवतामूर्ती पानी में डुब गई। खंभेपर महाराज देवताकी आराधना कर रहे थे। नाव से कुछ लोग फिरसे आये। महाराज को फिरसे निकलने का आग्रह किया। महाराजने वही जवाब दोहराया। भगवान शिव का... वगैरह वगैरह। कुछ देर रुककर सब लोग चले गये। थोड़ीही देरमें पानी मंदिरके कलशतक पहुँचा। साधू महाराज कलशपर चढ़ बैठे और भगवान शिव की आराधना करने लगे। कुछही देरमें उन्हें बचाने हेलिकॉप्टर आया। उसमें बैठे लोगोंने भी आग्रह किया की, आपको ले जाने के लिये, बचानेके लिये आये हैं। हेलिकॉप्टर में बैठकर चलिए। महाराजने एक ना सुनी। उन्हें भी वही जवाब दिया की, मैं भगवान शिव का प्यारा, निःस्सीम भक्त हूँ। वे मुझे बचायेंगे। और हेलिकॉप्टरको वापस जाना पड़ा। साधू महाराज की पानी में डुबकर मौत हुई।

साधू महाराज देहांत के बाद स्वर्ग गये। वहाँ भगवान शंकर की सभा चल रही थी। भगवान शंकर साधुकी तरफ देख रहे थे। उन्होंने देखा की, महाराज कुछ गुस्से में हैं। वे महाराजके पास जाकर पूछने लगे की, महाराज आप चिंता में और गुस्से में दीख रहे हो। महाराज बोले- भगवान मैं आपपर बहुत नाराज हूँ। मैंने बचपन से आपकी दिल लगाकर सेवा की प्रेम और आनंदसे ।

पुरा जीवन आपकी सेवामें समर्पित किया, लेकिन जब मुझपर संकट आया, आप मुझे बचाने नहीं आये। इसलिए मुझे क्रोध आया हैं। भगवान शिवने कहा- ''अरे

मुरख, मैं तुझे बचानेही आया था, पर तुने मुझे पहचानाही नहीं।'' भगवान शिवने आगे कहा- ''एक बार नहीं, तीन बार आया था, लेकिन तुने पहचानाही नहीं। पहली बार गाँववालोंके रूप में आया था। दुसरी बार नाव लेकर आये गाँववासियोंके रूप में और तिसरी बार हेलिकॉप्टरके रूपमें। फिर भी तुने पहचाना नहीं। इस प्रकार सभी गलती तेरीही हैं। मिला हुआ अवसर तेरी ध्यान में आया ही नहीं।''

यह कहानी बतलाकर भारत ने मेरी प्रतिक्रिया पुछी- ''कहानी कैसी लगी?'' मैंने कहा- ''बहुत अच्छी। ईश्वर हमें बारबार अवसर देता हैं, पर उन अवसरोंमेंसे कुछ संदेश लेना चाहिए।'' भारत बोला- ''अच्छा सुरेश, हमें जो संकट आते हैं, उनमें भी अच्छे अवसर आते हैं। जीवनमें आगे निकलते समय संकटोंमें हम दुखी रहकर ईश्वर और नसीबको दोषी ठहराते हैं। दोष न देकर संकटोंपर मात करे तो संकटसे बेड़ा पार कर निकल जाता हैं। और हमें खूब आनंद मिलता हैं। संकट आने पर भी संकटोंके अनुभवोंकी गठरी पीठपर बाँधकर संकटोंको न घबराते हुए सामना करना उचित हैं। ईश्वर ऐसेही किसीको संकट नहीं देता। जिस व्यक्ती में संकटसे उबरनेकी शक्ती हैं ऐसेही व्यक्तियों और लोगोंपर संकट डालता हैं, इसलिए ऐसे व्यक्ती दृढ़निश्चयी, विवेकशील, संयमी, सहनशील होते हैं। संकटोंसे वे घबराते नहीं और जीवनमें सफल होते है।

संकटोंपर और एक अच्छी कहानी हैं, बहुत पसंद आयेगी। मैं तुम्हे बताऊ क्या?

मैंने कहा- ''बोल, मैं सुनता हूँ''। भारत बोला- ''एक जगह एक नेता की सभा थी। उस नेता को मारने के लिये एक बंदूकधारी आया। और उसने नेतापर गोली चलायी। वह नेताको न लगकर अन्य एक अच्छे व्यक्तिको लगी। वह व्यक्ती जमीनपर गिरा। सभा में भगदड़ मच गई। उस भले मानसको अस्पताल दाखिल किया गया। कुछ घंटों बाद उसके शरीर से गोली बाहर निकालनेपर वह व्यक्ती होश में आया।

होशमें आनेपर वह ईश्वर से बोला- ''हे ईश्वर, तू मुझेही संकट क्यों देता है?'' उस सभामें बहुत सारे व्यक्ती थे, फिर गोली मुझेही क्यों लगी? ईश्वरने सपने में आकर बतलाया की, वह गोली नेता को लगती और उसका देहांत हो जाता तो, उसका

परिवार मुसीबत में उलझता। उस परिवार की हालत ख़स्ता हो जाती। वह गोली सहने की ताकद उसमें नहीं थी। इसलिए वह गोली सहनेकी ताकद तुझे दी। तू संकटमुक्त हुआ। ईश्वर किसी कोभी संकट नहीं देता। जिस व्यक्ति को जीवनमें सफल होना होता हैं, उसेही ईश्वर और सृष्टी संकट देते हैं।''

''कैसी लगी कहानी सुरेश?'' भारत ने पुछा। मैंने कहा-''अच्छी लगी भारत। मुझे तुझसे अच्छा उदाहरण सुननेको और सीखने को मिला। तुने जो सकारात्मक बातें कहीं, वे मैं जीवनमें व्यवस्थित अमल में लाऊँगा और अवसरका सोना करके सफल बनाऊँगा। संकट कौनसा भी हो, उसका प्रेम और आनंद से सामना करूँगा, संकटपर मात करुँगा। अच्छी जानकारी कें लिये भारत, तेरा आभारी हूँ। अच्छा, धन्यवाद! चल, फिर मिलेंगे। धन्यवाद! तेरा दिन शुभ हो भारत!''

भारत से मिलकर घर आया। श्याम को भोजन करके हम घर के सभी लोग गप्पें हाँकने घर की होड़ में बैठे। भारत की सभी बातें घर के सभी लोगों को बताई, उन्हे बाते अच्छी लगी, पटी। मैंने सबको एक महत्त्वपूर्ण बात बातलायी की, हम सबको जीवन में आगे जाने के लिये ईश्वर योग्य अवसर देता हैं। यह सबको पहचानना चाहिए । अवसरका सोना करना चाहिए। दुसरी बात, जीवन में ईश्वर और सृष्टीद्वारा भेजे गये संकट पहचानकर उनपर योग्य इलाज कर उन संकटोंका सामना कैसे करना हैं और रोजके जीवनमें जीते समय कैसे उपयोग करना चाहिए इसकी जिम्मेदारी स्वयं को उठानी पड़ती हैं। यही पक्का फैसला घरके सभी लोगोंने लिया और हम सब सोनेके लिये घर गये।

कुछ दिनों बाद हम लोगोंने देखा की, हमारे कुछ सपने पुरे हुए हैं। उसमें हमें शाश्वत खेती करनी थी, वह हम कर रहे हैं और अच्छी आमदनी कमा रहे हैं। दुसरा सपना ऐसा की, हम पूर्ण रुपसें कर्जेसे मुक्त हुए हैं। हमें किसी बँक का कर्जा चुकाना नहीं हैं। तिसरा सपना यह की, घर की स्त्रियोंने ४ लाख का सोना लिया। बच्चोंकी सालाना शिक्षा के लिये २ लाख खर्च कर रहे हैं। १५ लाख की कार खरीदी और ५० लाख का सुंदर बंगला बाँध रहे हैं। पाँच एकर जमीन खरीदी हैं और लाखो रुपियोंका दानधर्म कर रहे हैं।

अभी खूब बड़े सपने हैं। वे हम २०१९ से २०२४ तक १००% पुरे करेंगे। वे कैसे पुरे होंगे उसका एक उदाहरण बदलाता हूँ। यह उदाहरण दुनिया के हर व्यक्ती को लागू होगा। वह ऐसे की, हम बीस सालके होते हैं तब हम वह सपना उम्रकी २५ तक कैसे पुरा होगा इसका अध्ययन कर उन सपनों का पीछा करते हैं। और वे सपने पुरे होते हैं, और हमने वैसा किया हैं। तो आप फिरसे बड़े सपनें देख सकते हो । थोड़ा सोचिये, आपके ध्यान में आयेगा। (यह वाक्य मैं किताब पढ़नेवाली व्यक्ती को पूछ रहा हूँ।) यदी आपने अपना छोटामोटा सपना पुरा किया होगा और फिरसे देख सकते हैं। तब आपकी उम्र २६ होगी और आपके सपने ३१ सालके रहते समय पुरे होते हैं और होंगेही। जिन पिछले पाठों में जो भी बतलायी हैं वे सभी बातें जीवनमें उपयोग में लाकर हम हमारे सभी सपने पुरे करेंगे और करेंगेही यह ईश्वरकी और सृष्टिकी मददसे अवश्यही पुरे होंगे।

हमारे अन्य सपने-

- मेरी अच्छा सकारात्मक लेखक बननेकी इच्छा हैं।
- मैं खूब सुंदर सकारात्मक प्रेरणा देनेवाली, लोगोंकी आय बढ़ानेवाली अच्छी सिनेमाकी स्टोरी लिखकर पुरी दुनियाँ में रिलीज करनेवाला हूँ।
- हम खूबही बढ़िया सकारात्मक प्रेरणा देनेवाला कार्टून तैयार करके टी. व्ही. और मोबाईलपर प्रसारित करनेवाले हैं। उस कार्टूनमें बच्चोंकी और पालकोंकी पसंदीदा सकारात्मक प्रेरणा देनेवाली स्टोरी लिखकर प्रसारित करनेवाले हैं।
- हम खूब अच्छी सकारात्मक व्हिडिओ मोबाईल गेम तैयार करनेवाले हैं।
- हम अपने भारत देशके लिये कुछ अच्छा करनेवाले हैं। खूब लाखो अंधे, लुले-लंगडे, अपाहिज और अनाथ लोगोंको दानधर्म करनेवाले हैं। इस जिवन में कुछ ही दिनोंमें हमने दुसरोंको न बदलकर खुद बदलना चाहिए यह एक अच्छी सिख हमे सिखनेको मिली। इसलिए हम ईश्वरके और सृष्टीके बहुत आभारी है। धन्यवाद।

इस संपूर्ण विषयमें से मिलनेवाला संदेश या सीख-

१ ला संदेश

महात्मा गांधीने पहले स्वयं शक्कर बंद की, फिर दुसरों को बतलाया की, बाबा तू भी शक्कर खाना बंद कर। इसका मतलब पहेल आप खुद बदलिये, बाद में दुसरों को सलाह देनी चाहिए।

२ रा संदेश

जीवन जीते समय ईश्वर, सृष्टी हमे अच्छा अवसर देते हैं, वह अच्छे अवसर हमें पहचानने चाहिए।

३ रा संदेश

ईश्वर जो संकट भेजता हैं, उनपर मात करके खंबीरतासे सामना करना हैं, वह ईश्वर हमारी सफलताकी सोचता हैं उसे चेक करता हैं। हमारा संयम और संघर्ष देखता हैं। फिर हमारी इम्तेहा होने के बाद हमें सफलता का मार्ग दिखाता है ।

४ था संदेश

हम खुद को बदलकर खुदका सपना प्रेमसे और आनंद से पुरा कर सकते हैं। उसके लिए सपने पहले देखे और वे कागज़पर लिखकर आप जहाँ सोते हैं वहाँ चिपकाये। आप देखेंगे की वह कुछ सालोमें सपने पुरे हुए होंगे।

धन्यवाद!

***

पाठ १०

स्वयं बदलो, दुनिया बदलेगी

१५ अप्रैल २०१९ तारीख मुझे हमेशा याद रहेगी। क्योंकी यह सोमवार का दिन था। मुझे सुंदर १० जनोंकी टीम मिली। उनका खूब छोटा- बड़ा सपना था। और वे उनके सपने कैसे पुरे होंगे मुझे मालूम था, उनके सपने पुरे करने हैं ता मुझे उन्हे सौ प्रतिशत मदद करनी थी। उनके पास बहुत अच्छी कला थी, पर उस कलामेंसे आगे कैसे जाना हैं उन्हें मालूम नहीं था। उन्हें जो काम मिलता उसमें वे जी रहे थे। और कुछ लोग ऐसे थे की, उनकी कलाका फायदा उठाकर अपना काम पुरा कर लेते थे। और कुछ लोग उनके कामके पैसे नहीं देते थे। पर हमारे और उनके नसीब से भेंट हो गई। और मैंने उन्हें मेरे अच्छे विचार बतलाये। उन्हें वे विचार भाये । उन्हें मैंने कहा की, हम लोगों को जीवनमें पैसा चाहिए। वह पैसा ऐसे कामका हो की, उस कामसे दुसरों की मदद हो और उसे भी फायदा मिले। और हमें पैसा प्रेम और आनंदसे मिले।

मैंने उन्हें, उनका सपना पुछा। उन्होंने बतलाया, सपने बहुत है पर उतना पैसा हमारे काममें हमे नहीं मिलता। मै- मैंने उनसे कहा की, हम सब मिलकर एकजूट होकर काम करके अपना अपना सपना पुरा करेंगे। उसके लिये हमें अपने साथ, अपने काम के साथ ईमानदार रहना होगा। हम भारतीय लोगोंको पुरे देशको योग्य, सकारात्मक प्रेरणा देनेवाले विचार टी.वी. और मोबाईलके जरिये उन तक पहुँचायेंगे। और उन्हें अच्छी सकारात्मक प्रेरणा देकर उनका सपना पुरा करेंगे। हमें यह काम बहुत अच्छा करना हैं।

ये कुत्ता टॉमी है । वह अपने (ध्येय/सपनें) खरगोश के पीछे भाग रहा है ।
ऐसे ही हमे अपने ध्येय सपनोंके पीछे भागना चाहिए ।

यहाँ पर खरगोश सिर्फ टॉमीने देखा होता है । यह सब कुत्तोनें खरगोश नहीं देखा था, पर वे थक कर चले गये । ऐसेही जीवन में लोग सपनें देखते नहीं और मेहनत कर ते है और असफल होते है।

यहाँ पर टॉमी के उत्तम काम करने की वजहसें टॉमीका ध्येय/सपना पुरा हो गया। ऐसेही हम न रुककर उत्तम काम करते रहेंगे तो अपने सपने, ध्येय पुरे होंगे और हम सफल बनेंगे ।

निःस्वार्थपनसे काम करके दुसरों की मदूद करनी हैं। यदी हम सबने मिलकर अच्छा काम किया तो फल निश्चयही अच्छा मिलेगा। और हम हमारा सपना पुरा करेंगे। ऐसा बतलाकर मैं गाँव आया। गाँव में मेरे दोस्त बैठे थे। उन्होंने मुझे देखा और पुकारा, अरे सुरेश, इधर आ। मैंने कहा- पाँच मिनटमें आता हूँ। और थोड़ी देर में उनके पास गया और उनसे पुछा की, क्या काम हैं? वे बोले,- बैठ, मस्त चाय लेंगे। मैंने कहा- चाय तो लेंगेही, पर मैं तुम्हारी क्या मदद कर सकता हूँ? वे बोले- अरे, तुझमें हमें अच्छा बदलाव दिख रहा हैं। तू अच्छे कपड़े पहन रहा हैं। अच्छी जबान में बोल रहा हैं। खेतीमें भी उन्नति कर रहा हैं। हमें भी तरकीब बता। कुछ गुप्त रहस्य है क्या? मैंने कहा- गुप्त रहस्य वगैरह कुछ भी नहीं, पर रहस्य घटित हुआ है। वह तुम्हें भी मिलेगा।

मित्रोंने पुछा- वह गुप्त रहस्य क्या है हमेंभी तो बतला दे। मैंने कहा- मैंने एक खरगोश और कई खरगोश देखे हैं, जिससे मुझमें बदलाव दीख रहा हैं। जब आप भी खरगोश देखोगे, आपमें, आपके परिवारमें, खेतीमें, व्यवसायमें नोकरीमें बढ़ोतरी होगी। कुछ मित्रोंने पूछा की, अरे ऐसे कौनसे खरगोश हैं जो हमने देखे नहीं। मैंने उनसे कहा- मैं तुम्हें एक कहानीके रूपमें बतलाऊँ क्या? जिससे अच्छी तरह समझ में आय। वे बोले- हाँ, बतला ना, हम सुनेंगे। मैंने कहा- ध्यानसे सुनो और समज लो, क्योंकी आपने समझ लिया तो आनेवाले पाँच सालोंमे प्रगतिके पथपर रहोगे।

एक सुंदर जंगल था। उस जंगलमें टॉमी नामका एक कुत्ता था। उसे बहुत भूख लगी थी। वह जंगलमें भटक रहा था। तो उसे एक मोटा खरगोश दिखायी दिया। उसे देख वह उसका पीछा करने लगा। खरगोश तुरुंत समझ गया और मिट्टीवाली माँद में छिपय गया। कुत्ते ने उसे वहाँ छिपते हुए देखा था। उसने माँदकी मिट्टी कुरेदना शुरू किया। थोड़ी देर में वहाँ से चार कुत्ते चल रहे थे। उन्होंने टॉमी को देखा और कहा की, टॉमी क्या कर रहा हैं? टॉमी ने कहा- ''इस माँद में मोटा खरगोश छिपा हैं। तो तुम भी आओ। हम सब मिलके माँदकी मिट्टी कुरेदेंगे।'' वे भी आकार कुरेदने लगे। कुछ देर बाद वहाँ से छः कुत्ते चल रहे थे। उन्होंने भी

पहले चित्र में गोल चित्र ध्येय/सपना हैं । और हाथ की उंगलियाँ मुसिबत (समस्या) है । जब हम उंगलियोंकी तरफ देखते है तब हमें ध्येय नही दिखता ?

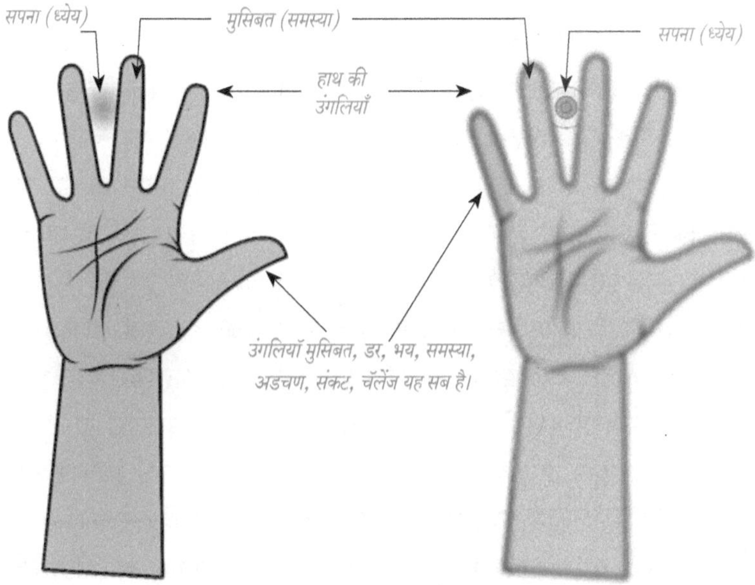

दुसरे चित्रमें गोल में चित्र ध्येय (सपना) है और हाथ की उंगलियाँ मुसिबत (समस्या) है । हम जब ध्येय की तरफ देखते है, तब हमें मुसिबते (समस्या) नही दिखती। सिर्फ अपना ध्येय (सपना) दिखता है।

टॉमी को देखा और पुछा की, क्या कर रहा हैं? टॉमीने बतलाया- इस जमीन के छेद में मोटे खरगोश छिपा हैं। तुम भी आओ। हम सब मिलकर मिट्टी कुरेदेंगे। वे भी कुरेदने में सहायता करने लगे। कुछ देर कुरेदने के बाद चार कुत्तेवाले बोले- टॉमी का दिमाग बिगड़ गया हैं। यहाँ खरगोश नहीं हैं। चलो, चलते हैं और निकल गये। कुछ देर कुरेदने के बाद छह कुत्तेभी ऐसाही बोले और निकल गये। अंत में टॉमी नाम का कुत्ता मिट्टी कुरेदनेका काम कर ही रहा था। कुछ ही देर बाद टॉमीको मेहनतका फल मिला। उसे खरगोश मिला। उसकी भूख मिट

गई। और वह खूश हुआ।

इस कहानी में खरगोश पहले कुत्ते ने देखा था, इसलिए वह मिट्टी की माँद कुरेद रहा था। बाद में आये हुए १० कुत्तोने देखा नहीं था। यदी उन्होंने भी देखा होता तो उन्होंने भी छेद करके खरगोश निकाला होता, पर उन्होंने नहीं देखा था, इसलिए वे दस कुत्ते निकल गए और पहले टॉमी कुत्ते को खरगोश मिला। वह उसके मेहनत से सफल हुआ। ऐसेही लोगोकी तरफ ध्यान न देकर सफल होना चाहिए।

मित्रोंने पुछा की, इस कहानी से आपको क्या समझाना हैं, हमारी समझमें नहीं आया। मैंने उन्हें समझाया की, मैं अच्छा सपना कई दिनोंसे, वर्षोंसे देख रहा हूँ, और वह पुरा करने के लिये खुदको बदलकर खुद का सपना पुरा कर रहा हूँ। तो तुमभी छोटा, मध्यम, खूब बड़ा सपना देखो और उनपर ठीकसे लक्ष्य करके काम करो। तुम्हारा और परिवारका सपना पुरा करो। सपना यह खरगोश हैं और स्वप्नपूर्ती करनेवाले कुत्तेकी तरह हमे मेहनत करनी है और वह सपना पुरा करना है। जो सपना हमने देखा हुआ हैं, लोगोंने देखा हुआ नहीं रहता, इसलिए लोग उनपर भरोसा नहीं करते। इसलिए जीवनमें पिछड़ जाते हैं। मित्र ने कहा- अरे सुरेश, तुमने अच्छा उदाहरण देकर समझाया। खूब अच्छा लगा। हम भी अच्छा सपना देखेंगे और पुरा करेंगे। उनमें से एक ने कहा- हम जीवन जीते समय स्वप्न देखकरही जीते हैं, लेकिन यदी कुछ संकट आये तो इन्सान घबराता हैं और उसके सपने धूलमिट्टी हो जाते हैं। और वह फिरसे सपने नहीं देखता।

मैंने उनसे कहा- तुम तुम्हारी जगह सही हो, पर हमारे किरण सर मुझे हमेशा बतलाते हैं की- मनुष्य सपने की तरफ देखे, संकटकी तरफ नहीं। मनुष्य यदी संकटकी तरफ देखे तो सपने नहीं दिखेंगे। मेरे मित्रोंने कहा- सुरेश, तू जो बोल रहा हैं, अच्छी तरह से समझा। मैंने कहा वह तुम्हे व्यवस्थित समझाना हो तो तुम्हें कुछ उदाहरण और कृती करके दिखानी होगी, तभी तुम्हें पता चलेगा। कृती करके दिखाता हूँ। तुम व्यवस्थित देखो, सुनकर समझ लो। यदी यह समझा तो तुम्हें जीवनमें कभी संकटोंसे घबराहट नही आयेगी। और संकटोंका सामना करके अपना और अपने परिवारका सपना पुरा करोगे। मैं जो कृती करूँगा, तुम लोगभी

करो, घर जाने के बाद अपने परिवारकोभी करने को बोलो। जिससे वे जीवनमें कभी भी किसी भी संकटसे नहीं घबराएँगे। तो सभी अपने हाथकी उंगली आँखोंके सामने रखो। और उंगलीके बीचसे दुरीकी वस्तू देखो।

वह वस्तू दिखती हैं क्या? मित्र कंपनीने 'हाँ' कहा। और दिखती हैं ऐसा भी। फिर मैंने फिरसे कहा- "अब उंगलीकी तरफ देखो। वह वस्तू दिखती है क्या?" मित्रोंने कहा - नहीं दिखती। कुछ ने कहा- थोडा फिका हल्का-सा दीख रहा हैं। मैंने उन्हें ठीकसे समझाया की, जब उंगली के मध्यसे देखते हो तो वे हमारे ध्येय और सपने हैं। इसलिए उंगलीके बीचसे ध्येय और सपना दिखता है। पर जब तुम अपनी उंगलीकी तरफ देखते हो तो वह वस्तू स्वप्न, ध्येय नहीं दिखते, क्योंकी वह उंगली हमारे संकट और चॅलेंज, भय रहती हैं। इसलिए हमारा ध्यान सपनोंकी तरफ, ध्येयकी तरफ न जाकर संकट और चॅलेंज, ड़रकी तरफ रहता है। इसलिए तब हमारा ध्येय, सपना पुरा नहीं होता।

संकटकी तरफ देखने की बजाये ध्येयकी तरफ देखना। तब हमारा सपना पुरा होगा। मुझे किरण सर बतलाते थे, की तुम सभी सपनोंकी तरफ ध्येय की तरफ देखो। अड़चनें, संकट एवं ड़रकी तरफ मत देखो। संकट आये तो भी संकटोंकी तरफ न देखकर ध्येय की तरफ, सपनों की तरफ देखकर संकट एवं अड़चनोंका सामना करो। तब हमे दुख नही सुखही मिलता है। कैसी लगी आपको ध्येय और सपनोंपर जानकारी और कृती। मैंने सबसे पुछा। सबने मुझसे कहा की, खूब अच्छी जानकारी और कृती बतलायी। सभीने आनंदसे तालियाँ पिटी और खूब खूश होकर मेरी स्तुती की और आनंद, प्रेमसे आभार माने। हमारी चर्चा खतम हुई और हम अपने अपने घर गए।

मैं घर आया और घरके लोगोंको ध्येय एवं स्वप्नोंके उदाहरण बतलाये। उन्हेंभी बहुत भाये। फिर हम भोजन पश्चात् खेती और भविष्यके बारेमें चर्चा करते बैंठे। गप्पे हाँकते हाँकते बच्चेंभी सो गए, क्योंकी सवेरे जल्दी उठकर नासिक जाना था। जल्दीही मैं भी सो गया। मैं सवेरे ५.०० बजे निंदसे उठा। ध्यान, कसरत, सकारात्मक पुस्तकोंका वाचन किया। दिन खूब अच्छा था। उस सुंदर दिन के

और ईश्वरके खूब आभार माने। मैं नित्य क्रम निपटकर खेत गया। खेतीके सभी काम करते समय मुझे फोन करके पवनकी टीमने नासिक बुलाया। मैं मेरे सब काम निपटकर नासिक पवन की ओर गया। पवन मेरी प्रतीक्षा में था। हम मिले। पवन बोला की, सुरेश हम तुम्हारे साथ काम नहीं कर सकते। क्योंकी हमें पैसों की बहुत आवश्यकता हैं। सुरेश, तेरे विचार अच्छे हैं, लेकिन हमें पैसोंकी आवश्यकता रहनेसे हम तुम्हारे साथ काम नहीं कर सकते।

मैंने थोड़ा विचार किया और उनसे कहा अरे, तुम लोग कितने सालोंसे कार्टून बना रहे हो? उन्होंने कहा- पिछले दस वर्षोसे। फिर मैंने कहा की, अरे पिछले दस वर्षोंसे काम करते हुए तुमने तुम्हारा और तुम्हारे परिवारका सपना कहाँतक पुरा किया। पवन और उसकी टीम कुछ नहीं बोली। फिर मैं उनके पास बोला की, पवन हम सभी पैसों के पीछे दौड़ रहे हैं। और पैसा हमारे आगे भाग रहा हैं। ऐसा हो रहा हैं यह आपको मालूम है क्या? मुझे ऐसा लगता हैं की, ऐसा होना चाहिए की, हम पैसों के पीछे न दौड़े, पैसा हमारे पीछे दौड़े। तुम्हें ऐसा लगता नहीं क्या? वे सब बोले की, हमेंभी ऐसाही लगता है हमारे पास खूब पैसा आना चाहिए, पर वैसा होता नहीं। मैंने कहा की, आपने ऐसा विचार किया है क्या की, हम पैसा कैसे कमा सकते हैं? और सफल कैसे बन सकते हैं? यह विचार किया होता तो आप लोग मेरे साथ अच्छा काम किया होते। मैंने एक अच्छी फिल्म देखी हैं। उसका नाम थ्री इडियटस् हैं। उसमें अमिर खानने अपने मित्रोंसे कहा हैं की, हमें Success (सक्सेस) के पीछे नहीं भागना हैं, हमें Excellence (एक्सलन्स) के पीछे भागना हैं। इसका मतलब यह हुआ की, हम सफलता के पीछे न दौड़े, उत्कृष्टता के पीछे दौड़े। तभी सफल होंगे। हम सब केवल पैसों के एवं सफलता के पीछे भाग रहे हैं। पैसा चाहिएही, यशस्वीभी होना हैं, लेकिन काम भी तो खूब अच्छा, उत्कृष्टता से करना होगा, तभी पैसा हमारे पीछे आयेगा और सफलता भी।

मैंने पवन और उसकी टीमसे और एक सवाल किया की, समझो, आज तुम्हारी उम्र ३५ की हैं, और यह साल २०१९ हैं। आनेवाले ५ वर्षों में तुम जो

काम कर रहे हो, उससे तुम्हारा सपना पुरा होगा क्या? पवन बोला- ''अगले १० वर्ष काम करने परभी नहीं होगा।'' पिछले १० वर्षों का इतिहास देखे तो भी यही कहना होगा। उसका कारण समझो, हम प्रतिमाह ५० हजार रुपिये कमा रहे हैं, और भी पैसा चाहिए तो और भी काम करना होगा। लेकिन अपनी शारीरिक क्षमता १२ घंटे काम करनेकी है और उसे २० या २४ घंटे काम करना पड़ा तो शारीरिक क्षमता नहीं रहेगी, इसलिए वह व्यक्ती जादा नहीं कमा सकेगी।

और एक कारण है, वह व्यक्ती प्रतिमास ५० हजार रु. कमा रहा हैं और उसे प्रतिमाह २ लाख रु. चाहिये, तो २ लाख कहाँसे कैसे कमा सकता हैं। पवन और उसकी टीम को पूछनेपर कोई कुछ नहीं बोला। फिर मैंने उन्हें बताया की, आप हम सभी लोग प्रतिमास २ लाख रु. या उससे जादा कमा सकते हैं। हर आदमी जो पैसा कमाता हैं- उदा. कोई ५० हजार रु. प्रतिमास कमा रहा हैं, वह व्यक्ती ५० हजार रुपये कमानेमें इतना व्यस्त (कार्यमग्न) रहता हैं की, उसे महिना दो लाख रु. कैसे कमाने हैं यह सोचने की फुर्सतही नहीं मिलती।

फिर वह मनुष्य जीवनमें सफल नहीं बन सकता। या जादा पैसा नहीं कमा सकता। मैंने पवनको सुझाव दिया की, हम उत्कृष्ट काम कैसे कर सकेंगे और सफलता हमारे पीछे दौडेगी और अच्छा पैसा मिलकर हमारा सपना पुरा होगा इस बातपर विचार करो, क्योंकी जो सफल व्यक्ती हैं उन्होंने दुनियाको और लोगोंको, सृष्टीको कुछ तो उत्कृष्ट काम और सकारात्मक प्रेरणा देनेका काम किया हैं, इसलिए वे सफल बने हैं। यह तुम्हें आजही समझा तो ठीक हैं, अन्यथा ९० वर्षकी उम्रमें मन में विचार आये तो भी शारीरिक क्षमता नहीं रहेगी। फिर तुम सोचोगे की, अरे हमे तो अच्छा अवसर मिला था, पर हमने देखा भी नहीं न उसका लाभ उठाया।

उसका तुम्हें एक खूब अच्छा उदाहरण देकर समझाता हूँ। तुम सबको यह उदाहरण दिया तो चलेगा क्या? पवन और उसकी टीमने पसंदी दर्शायी। फिर मैंने कहा की, उदाहरण ठीकसे सुनो और समझ लो। सुरेश नामका व्यक्ती था। उसका एक सपना था। वह यह की, पुरी दुनिया को बदलना हैं। दुनिया बदलनेका

उसने निर्णय लिया, उस समय उसकी उम्र २० सालकी थी। सुरेश दुनिया बदलने निकला। कुछ वर्ष बीत गए। लेकिन सुरेश दुनिया नहीं बदल सका। फिर उसने तया किया की, भारतवर्ष को बदलेंगे। देशको बदलने में कई वर्ष बीते, पर देश नहीं बदला। उसकी उम्र ५० हुई। फिर उसने विचार किया अब महाराष्ट्र बदलूँगा, पर सुरेश के कई साल बीत गए, पर कुछ लाभ नहीं पहुँचा। उसकी उम्र ६० साल हुई। फिर उसने तय किया की, मैं नासिक जिलेको बदल डालूँगा। नासिक जिला बदलने गया, पर उसने १० साल व्यर्थ गँवाए। जिला नहीं बदल सका। सुरेश की उम्र ७० साल की हो गई। उसने आगे विचार किया की, जानोरी गाँव बदल डालूंगा। उसमें कई साल गाँव बदलनेमें गए। पर गाँव तो बदल नहीं सका। इसमें भी १० साल बीत गए। अब उसकी उम्र ८० हो गई। फिर उसने निश्चय किया की, कुटुंब-परिवारको बदल डालूँगा। फिर वह परिवारके सदस्योंको बदलने की कोशिश में लगा। फिर सुरेश ९० साल का हुआ। खूब सोचने लगा की, मैं इतने सारोंको बदलने गया, कोई नहीं बदला। ना दुनिया बदली, ना भारत देश, ना महाराष्ट्र, ना नासिक जिला, ना जानोरी गाँव, ना अपना खुद का कुटुंब परिवार। अब उसे लगने लगा की, खुद को ही बदल डाले। मैं बदला तो शायद सारी दुनिया बदलेगी। यदी उम्र के २० वे सालमेंही मैं खुद को बदलना सीख जाता तो शायद दुनिया, घर, गाँव हर कोई बदलता। इसलिए खुद को पहले बदलो, फिर दुनिया अपनेआप बदलेगी। हम आनंदित रहे तो दुनियाँ भी आनंदित रहेगी। हमने यदी प्रेम दिया तो बदलेमें प्रेमही मिलेगा। हमने कोई अच्छा कर्म किया तो हमारे लिये भी अच्छाही घटित होगा।

पवन से पुछा- क्या सोच रहा हैं पवन? पवनने कहा- हम सब मिलकर काम करेंगे। अच्छा टीमवर्क बनाकर लोगोंकी मदूद करेंगे। लोगोंको सकारात्मक विचार देंगे। जिससें लोगोंको फायदा पहुँचकर उनकी आमदनी बढ़ेगी। मैंने कहा- हम १ महिनेमें काम शुरू करने जा रहे हैं, हम दुसरोंकी मदूद करेंगे, लोगोंको लाभ पहुँचायेंगे। उन्हें प्रेम और आनंद देंगे। उसी वक्त हमारा सपना आनेवाले ५ सालोंमें पुरा होगा। अच्छा, चलता हूँ मैं। काम की अच्छी तैयारी करेंगे। फिर

मुलाकात होगी। मैं तुम्हारा और तुम्हारी टीम का आभारी हूँ। धन्यवाद!

कर भला तो होगा भला!

इस संपूर्ण विषयमें से मिलनेवाला संदेश या सीख-

१ ला संदेश

हम काम करते हैं अपने लिये और परिवारके लिये। जो पैसा चाहिए अच्छे काम का चाहिये। वह काम करते समय लोगों को लाभ पहुँचे। फिर हमारा भी लाभ होता हैं। हमें सफलता मिलती है ।

२ रा संदेश

अपनी जिंदगी में सपने जरुर देखने चाहिए। सपने के अनुसार प्रेमसे और आनंदसे उत्कृष्ट काम करेंगे तो सपने अवश्य पुरे होंगे।

३ रा संदेश

जिंदगी में संकटोंकी तरफ न देखकर ध्येयकी तरफ देखे। हम जब संकटोंकी तरफ देखते हैं, तो हमें ध्येय और सपने नहीं दिखते। वैसेही जब ध्येय और सपनेकी तरफ देखते हैं, तो संकट दीखते नहीं। तब हमे दुख नहीं सुखही मिलता है।

४ था संदेश

अपने जीवनकाल में यशस्वी होने के पीछे न दौड़कर उत्कृष्टता के पीछे दौड़े। उत्कृष्ट कर्मो के पीछे भाग दौड़ करनेपर सफलता पीछे-पीछे चली आती हैं। सफलता के पीछे ना चले, सफलता हमारे पीछे दौडती आये- इसलिए उत्तम कोशिश, उत्कृष्ट कर्म करना चाहिए।

५ वाँ संदेश

जिंदगी में हम पैसोंके पीछे भागते हैं। तो पैसोंके पीछे भागदौड़ करने की अपेक्षा पैसा हमारे पीछे दौड़ा चला आना चाहिए। ऐसा उत्कृष्ट कर्म उत्तम कोशिश, प्रेमसे और आनंदसे करना होगा। प्रेम, आनंद और उत्कृष्ट कर्म ये तीन बातें जिन व्यक्तियों के पास हैं वह व्यक्ती दुनियाकी कौनसी भी वस्तू, ध्येय या मंझिल- सपना पूर्ण कर सकता हैं। सभी पुस्तके वाचकों को मैं सुरेश मुरलीधर वाघ एवं मेरे परिवारके लोग खूब प्रेमसे और आनंदसे आभारी हैं।

धन्यवाद!

***

पाठ ११

प्रेम से, आनंदसे, उत्तम कामसे सफलता अवश्य मिलेगी...

दुनियाँके सभी धर्मग्रंथोंने उपदेश किया हैं की, एक मानव दुसरे मानवसे प्रेम का बर्ताव करे। प्रेमका मतलब (तात्पर्य) केवल प्रियतमा या पत्नीपर प्रेम करना इस सीमित (मर्यादित) अर्थ में नहीं हैं, पर प्रेम की परिभाषा आज भी हम अच्छ़ी तरहसे समझ नहीं सके हैं। इस संदर्भमें हमने ठीक तरहसे नहीं सोचा हैं।

एक बार दोस्त को साथ लेकर हम शोरूम में कार देखने गये। वहाँ सेल्स गर्ल ने हमें नमस्ते करते हुऐ कौनसी कार खरीदनी हैं और किसके नामपर अत्यंत आदरभावसे और प्रेमसे पुछा। हमने कहा की, अभी अभी मार्केट में जो दाखिल हुई हैं, उसकी हमें जानकारी दें। कार मुझे खरीदनी थी, इसलिए उसने मेरा पुरा नाम और पता पुछकर लिख लिया। और कारकी पुरी जानकारी दी। जानकारी सुनते समय मेरे मन में आनंदका फौव्वारा छुट रहा था। उसके प्रेमशील, आदरयुक्त बोल सुनकर मैं क्षणमात्र के लिये उसके प्रेममें (मन ही मन) उलझा रहा। और मुझे ऐसा लगने लगा की, वह भी मुझसे प्रेम करती हैं। वहींपर कोने में आईना (दर्पण) था उसमें खुद को झाँककर देखा। चेहरेपर आनंद के भाव नजर आये, पर वह मेरी गलतफ़हमी थी। उसे वह कार बेचनी थी और खरीददार (ग्राहक) के नाते मुझे पुरी जानकारी देना जरुरी था। 'मैंने ग्राहकको कितने ठीक ढंगसे, प्यारसे समझाकर, उसकी मानसिकता को सकारात्मकता में बदल दिया।' इस तरहका भाव उसके मन में था। आत्यंतिक सुस्पष्टतासे और ग्राहक की नजरमें नजर मिलाकर आत्मविश्वासपूर्ण बोलने के तरिकेसे उसने मुझे उसकी तरफ आकर्षित किया। आनंदभावसे मुझपर गहरा असर हुआ। क्षणमात्रमें मैं राजा हूँ ऐसा विचार मन में आया। गलतफ़हमीका शिकार होकर मैंने प्रेमभाव मन में

पैदा कर रखा था।

यह जो मनही मन में खलबली मची थी। उसका कारण भी था। मैं जिस वातावरणमें पालपोसकर बड़ा हुआ और रहता था वह खराब था। आजतक की आयु में नियमिततासे आनेवाल संकट, समस्यायें और उनसे संघर्ष करते हुए आनंदी रहना मानो भूलसा गया था। घरकी सभी समस्याएँ अपने सिरपर ओढ लेना और संकटोंका सामना करते हुए उन्हें पूर्ण करना यही मेरा विश्व बन गया था। उसके पारकी दुनियाँ मानो भूलसा गया था, इसलिए हमेशा नाराज और दुःखी रहता था। इसमें से बाहर निकलनेके लिये आनंद कहाँ मिलेगा इसकी खोज करते हुए उसी विचारमें डुबा रहता था।

दीपावली जैसा त्यौहार हो या घर परिवार में छोटा-मोटा खुशी का पल, मैं मात्र विचारोंका, संकटोंका सामना करने की विवंचनामें रहता था। कौनसा काम कैसे करना हैं, इसी विचार में और सिर्फ काम, काम और काममें डुबा रहने लगा। ऐसे माहौल में रहनेसे व निर्माण होनेसे कभी किसीसे प्रेमकी अपेक्षा नहीं की।

घर- परिवारके व्यक्ती आनंदी, लेकिन मैं अपने चेहरेपर उसे कभी दर्शा नहीं सकता, वह मनमें ही दबाये रखता हूँ ऐसी मनोदशामें दिन गुजरते गये। मैं मेरे मनसे सवाल करता की, ये सभी लोग कैसे इतने आनंदी रहते हैं? किसी भी त्यौहारपर, लेकिन मैं क्यों नहीं? काम करते समय, बोलते समय, देखते समयभी वे आनंदी ही रहते हैं वह आनंद मुझमें क्यों नहीं? इसिकी सोचना, दुसरोंके आनंदकोही सोचना, लेकिन स्वयं कैसे आनंदी रह सकता हूँ इसे कभी नहीं तलाशा, क्योंकी मेरी खोज केवल काम करते हुए पैसे कमाना और परिवार के सदस्योंके आवश्यकताओंको पूर्ण करते रहना, उनका ठीक तहरसे भरण (पालन) पोषण यहाँ तकही सीमित थी। खुदकी चिंता करनी हैं, खुदसे प्रेम करना हैं यह मुझे मालूमही नहीं था।

एक बार मैं व्यावसायिक सेमिनार गया था। मैंने रॉन्डा बर्न इस लेखिका की शक्ती यह किताब खरीदी। घर पहुँचनेपर पढ़नी शुरू की। उन्होंने भी इस किताब में यही समझाया हैं की, मनुष्य पहले स्वयंपर प्रेम करे। यदी वैसे कर सकता हैं तोही दुसरोंपर भी प्रेम कर सकता हैं। दुसरे दिन सवेरे उठकर मैं नित्यकर्म निपटाकर आयने के सामने

खड़ा रहा। और स्वयंपर खूब प्रेम करने लगा। खुदको, अपने शरीरको निखरकर देखा। शरीरकी इंद्रियाँ- उदा. चेहरा, मस्तक, सिर के बाल, कान, नाक, मुँह- सभी देखे और सचमुचही खुदपर प्रेम करने लगा। इन्हें देखकर प्रेमसे, आनंदसे हँसने लगा। सतत बाजू हटता, आयनेके सामने खड़ा होता और हँसता रहता। सचमुचही स्वयंपर प्रेम करने लगा। घर- परिवारके सदस्योंपर और भी जादा तथा आप्त, रिश्तेदार, मित्र इन सभीपर प्रेम करने लगा। प्राणिमात्रपर प्रेम करने लगा। मुझे जो चीज चाहिए, उसे चीजपर प्रेम करने लगा। मेरे इस प्रेमकी पखरण दुसरों को आनंद देनेवाली थी और मैं भी खूश रहने लगा। मैं जब खेत में काम करता, मैं मेरे कामपर आस्था रखने लगा, जिससे मेरे काम जल्दी जल्दी होने लगे। उससे मिलनेवाला आनंद असीमित था। जीवन में आनेवाली आपत्तियाँ, अड़चनोंकी तरफ प्रेमसे देखने के कारण उनकी तीव्रता कम महसूस होने लगी। उनसे मुझे दुखदर्द हो रहा हैं यह भावनाही लुप्त हुई। सिर्फ स्वयंपर प्रेम करनेसे मुझे संकटोंको सामने जीनेका और आनंदी रहनेका मार्ग मिला। और मैं दुसरोंको भी आनंद देने लगा।

मैने गैरी चैपमैन लिखित 'प्रेम की पाँच भाषाएँ' यह और एक पुस्तक खरीदी। पुस्तक पढ़ते गया। उलझनें मिलती गई। प्रेमका रहस्य खुलता गया। दुनियाँके किसी भी दाम्पत्य (पती-पत्नी) ने यह किताब पढ़ी तो उनमें मतभिन्नता, पारिवारिक कलह (झगड़े) कभी भी उत्पन्न नहीं होंगे यह मैं निश्चयपूर्वक कह सकता हूँ।

गैरी चैपमैनने प्रेम की जो पाँच भाषाएँ बतलायी हैं, वे इस तरह हैं- प्रेमयुक्त सकारात्मक संवाद। दुसरोंके लिये प्रेम और आनंदयुक्त समय निकालना। प्रेम और आनंदसे पारिवारिक जनोंको भेंटवस्तू देना। प्रेमसे और आनंदसे अपने परिवारको काममें सहयोग देना तथा स्वावलंबन (खुदका काम खुद करना); अपने परिवारके सदस्योंको स्पर्श कर (बॉडी लँग्वेज) प्रेम व्यक्त करना। उदा. आते- जाते पती-पत्नीका हेतुतः आनंदसे परस्पर स्पर्श। बच्चोंकी पीठ, सिर और गालपर ममतापूर्ण हाथ फेरना;

इस तरह की प्रेमकी पाँच भाषाएँ गैरी चैपमैनने अपनी किताब में बतलायी हैं। वे प्रेमकी पाँच भाषाएँ जीवन में अच्छी तरहसे उपयोगमें लाकर मैं आनंदी रहने लगा तथा

कायम आनंदी रहूँगा। यह आत्मविश्वास मुझमें उत्पन्न हुआ।

हमारे गाँव में चायकी कई दुकानें थी, जहाँ गाँवके लोग चाय पीने के लिये जाते थे। खूब दिनोंबाद मैं भी चाय पीने के लिये गाँव में गया। एक होटलके पास बहुत जादा भीड़ थी। पूछताछ से पता चला की, वहाँ चायका एक नया होटल खुला है और उस होटलकी मालकीन और मालक बहुत बढ़िया चाय बनाते हैं। मैं तुरंत उस दुकानकी तरफ गया। और देखा। होटल मालकिन अत्यंत आनंदसे, उत्साहसे चाय बना रही थी। और उतनेही प्रेमसे, आनंदसे वह मनुष्य सब लोगोंको चाय दे रहा था। वहाँ की चाय पीनेसे ग्राहकों में आनंद उत्पन्न हो रहा था। वे चायके पैसे भी संतुष्ट होकर दे रहे थे। कुल मिलाकर वातावरण में अत्यंत उत्साह और आनंद था। मैंने भी वहाँ चाय ली। चायका स्वाद अच्छा होनेसे मुझे भी चाय अच्छ़ी लगी। उस परिवारकी काम करने की, ग्राहकों की सेवा करनेकी पद्धती मुझे बहुत पसंद आई। मैं तो उनके प्रेम में डुबा रहा।

मैंने आजूबाजूके होटलकी तरफ देखा। वहाँ ग्राहक थे ही नहीं। वहाँ भी होटल मालिक और कर्मचारी चाय सप्लाय करनेका ही काम कर रहे थे, लेकिन उसमें नवीनता नहीं थी। न चाय सप्लाय करते समयका उत्साह एवं आनंद। वे अपनी व्यावसायिक भूमिका निभा रहे थे। इसके विपरीत इस दम्पतीका व्यावसायिक सफल दृश्य देखने को मिला। हमे और कुछ नया सिखनेको मिला।

घर पहुँचनेपर मैंने बहुत सोचा, हम बहुत प्रामाणिकतासे काम करते हैं, लेकिन उस चायवाले की तरह कामपर प्रेम नहीं करते। आनंदसे और उत्कृष्टता से काम करनेपर अपनी खेतीसे खूब कमाई होगी। पैसाभी खूब मिलेगा।

इसी सोच में बैठा था की, मेरे दिमागमें आया की, केवल सफल लोग काम न करके वे उत्कृष्ट तरिके से, नये ढंग से, नयी प्रणालीसे काम कर रहे हैं, इसलिए रईस और रईस होनेसेही उनके सपने, उनका ध्येय सफल हुआ हैं। इसके लिये उन्होंने अन्योंको लाभ पहुँचनेवाले वस्तुओंका उत्पाद कर लोगोंकी सेवा की हैं। उन्होंने लोगोंकी पसंद ध्यान में रखकर उनकी आवश्यकतापूर्तीकी वस्तुएँ तैयार की और व्यावसायिक जीवनमें सफल हुए।

हम सभीने यदी अपने आसपास झाँककर देखा तो पता चलेगा की, सफल लोग कैसे काम करते हैं। उदा. हमारी रुचिपसंद वस्तुएँ। उदा. टी.व्ही., फोन, फ्रीज, लाइट, अच्छे कपड़े, खानपानकी वस्तुएँ, अच्छा सा मकान, रेल एवं बस, मोटारसाईकिल, हवाई जहाज इ. आवश्यक वस्तुओंकी निर्मिती अत्यंत प्रेमसे, आनंदसे और अच्छे कामोंके जरिये करते हैं, जिससे उनके सभी सपने, सभी ध्येय अपने आप पुरे होते हैं।

हम अपने जीवनमें केवल कामही कर रहे हैं। कामके ऐवजमें हमें पैसा चाहिए। जैसे- जैसे हम काम करके पैसोंके पीछे दौड़ते हैं, पैसा आगे खिसकता जाता हैं। और हम पिछड़ जाते हैं। हमारे सपने आंशिक रूपमें सफल होते हैं और हम अपने जीवनमें सफल नहीं हो पाते। सारांश, जीवनमें केवल काम करके पैसा और सफलता नहीं मिल सकती। सपना पुरा नहीं हो सकता, तो प्रेमसे, आनंदसे, उत्कृष्ट काम करनेसे, लोगोंकी आवश्यकताओंकी वस्तुओंका निर्माण करके पैसा, सफलता और सपने पुरे हो पाते हैं।

दुनियाँ के सभी असफल व्यक्ती पहले उनके गलेके नीचे पैसा खर्च करते है तो वे स्वयंमें आनंद लानेके लिये गले के नीचे जादा पैसा खर्च करते हैं। वह कैसे जाननेका यह प्रयास। हमे महँगे कपड़े, बूट, सॉक्स, गलमें सोनेकी चेन, अंगुठी, फोन, कार, पलंग, भोजन इ. पर सभी खर्चा गलेके नीचे का करते हैं, पर सफल लोग गले के नीचेकी आवश्यक वस्तुओंपर खर्च न करके गलेके ऊपरकी वस्तुओंपर खर्च करते हैं। तात्पर्य, सकारात्मक किताबें पढ़ना, सकारात्मक सेमिनार्स अटेंड करना, व्हिडिओ देखना, ऑडिओ सुनना इन बातोंपर सबसे जादा पैसा खर्च करते हैं, अर्थात् ज्ञानार्जनके लिये, बुद्धिमान होनेके लिये, गलेके ऊपरही खर्च करते हैं और सफल होते हैं।

ये सफल लोग अपने कामपर प्रेमका, आनंदका, उत्तम कर्मकाही विचार करते हैं। अन्योंकी सेवा अच्छी कैसे दे सकते हैं इसका खूब अच्छी तरह से विचार करते हैं। इसके लिये अध्ययनशील रहकर नयी नयी वस्तुओंका निर्माण कर सफल बनते हैं।

कुछ सालोंतक कुछ वस्तुओं का त्याग करते हैं। उदा. किताब पढ़े बिना भोजन नहीं करेंगे। यदी सवेरे जल्दी नहीं उठे तो भोजन नहीं करेंगे, इ. संकल्प लेते हैं।

ये यशस्वी लोग समयके इतनाही महत्त्व मनुष्यकोभी देते हैं। हर मनुष्यमें, ग्राहकमें भगवान देखते हैं, उस ग्राहककी सेवा करते हैं। खुदपर, परिवारपर, ग्राहकोंपर प्रेम करते हैं। इस तरह यह लोग सफल होते है।

सृष्टी के रहनेवाले हर सजीवको सुखकी आकांक्षा रहती हैं, लेकिन सुख निश्चित रूप में क्या हैं? और वह कैसे प्राप्त किया जा सकता हैं? यह किसी को भी मालूम नहीं रहता। मात्र उसकी प्राप्तिके लिये हर एककी निरंतर कोशिश रहती हैं। दुनियाँके सभी धर्मग्रंथोंका कहना हैं की, यदी सुख चाहिए तो आनंदी रहना होगा।

आप सभी कहते हो की, आनंद कहाँ हैं? मैं कहूँगा की, वह तो हमारे आजूबाजूमेंही हैं। यदी वह हम प्राप्त नहीं कर सकते, तो हम अन्योंको प्रेम देकर देखो, वह हमे जरूर मिलेगा। हम सब इस सृष्टी के सभी मानवजातियोंपर, प्राणिमात्रपर प्रेम करे। जब हम प्रेम करेंगे तभी हमें आनंद मिलेगा। जब हमें आनंद मिलेगा तभी सुख भी मिलेगा। दुःख केवल और केवल नकारात्मक विचार करनेसे, मनको गलत रास्तेपर ले जानेसे मिलता हैं। दुःख नकारात्मक विचारसेही प्राप्त होता हैं। वैसेही सुख सकारात्मक विचार करनेसेही प्राप्त होता हैं। हमारे शरीर और आत्मा को कभी सुख या दुख नही होता। सिर्फ और सिर्फ सुख और दुख मनकोही होता है। यह श्रीकृष्ण भगवान कहते है।

दुनियाँमें जिस जिसका निर्माण हुआ हैं, केवल प्रेमसे, आनंद से हुआ हैं। यदी आपको झूठा प्रतीत होता होगा, तो अपने आसपास, घर में देखिये। आज जिस वस्तुका हम इस्तेमाल करते हो, उनका निर्माण आत्यंतिक प्रेमसे, आनंदसे, एवं उत्कृष्ट काम करनेसे हुआ हैं। ऐसी असंख्यात वस्तुओंका अस्तित्व प्रेममात्रसे हैं। हमारा जन्म, हमारी संतती भी प्रेम और आनंदसेही प्राप्त हुई हैं। यह सभी प्रेम और आनंदसेही हमें मिला हैं, फिर हम दुःखी क्यों रहे? दुनियाँ के मानवमात्रपर, प्राणिमात्रपर, हर सजीवपर प्रेम करनेसेही आनंद मिलेगा। उसके पीछे पीछे सुखभी मिलेगा और हम सफलभी बनेंगे।

इसी तरहसे हम सभी प्रेमसे, आनंदसे और उत्कृष्ट काम करके अपना और अपने परिवारका सपना पुरा करके सफल बनेंगे। यही सोचविचार रखकर सफल लोग सफल

होते है।

चलिए, फिर मिलेंगे। आगे और भी सकारात्मक प्रेरणा देणेवाली किताबे आपकी सेवा में लेकर आना है। हम सब आपके आभारी है। धन्यवाद!

इस संपूर्ण विषयमें से मिलनेवाला संदेश या सीख-

१ ला संदेश

प्रेमसे, आनंदसे और उत्कृष्ट कोशिश और कार्य करनेसे सफलता हमारे पीछे चली आती हैं।

२ रा संदेश

प्रेमसे, आनंदसे उत्तम कोशिश और कार्यके पीछे लगनेसे ही सफलता हमारे पीछे पीछे अपने आप चली आता हैं।

३ रा संदेश

श्रीकृष्ण भगवान कहते है, की हमारे शरीर और आत्मा को कभी सुख या दुख नही होता। सिर्फ और सिर्फ सुख और दुख मनकोही होता है।

***

धन्यवाद!

पाठ १२
बुद्धिमान लोगों के विचार

अच्छे लेखक, अच्छे व्यावसायिक, अच्छे संस्थापक, अच्छे राजकीय नेता, अच्छे संशोधक, अच्छे वैज्ञानिक, अच्छे नोबेल पारितोषिक विजेता, सभी अच्छे धर्म, अच्छे भौतिकशास्त्र विजेता, अच्छे खगोल वैज्ञानिक, अच्छे कवी अच्छे संत और अच्छे विचारोंकी व्यक्ती इ. इन सभी व्यक्तियोंके विचार नीचे दिये हैं–

- एक सर्वश्रेष्ठ और सत्ताधारी शक्ती हैं। यही संपूर्ण पृथ्वी व्यापी हैं और पृथ्वी नियंत्रक हैं। हम इसी शक्ती का एक भाग हैं।

– प्रेंटिस मलफोर्ड (१८३४–१८९१) नवविचारवादी लेखक

- प्रेम आनंद और उत्कृष्ट कर्म कोशिश ये तीन बातें जिस व्यक्तीके पास हैं वही व्यक्ती दुनिया की कौनसी भी वस्तू प्राप्त कर सकता हैं और वह उसका तथा उसके कुटुंब परिवारका सपना पुरा कर सकता हैं।

– सुरेश मुरलीधर वाघ (सेवक) तारीख– १३–०६–१९८२

- प्रेम आँखोंसे दिखनेवाली वस्तू नहीं हैं, पर हवा और पानीकी तरह सच हैं। प्रेम एक सच्चा और सतत कार्यरत आवेग हैं। नदी और सागरकी लहरें और प्रवाहके समान वह भी खळखळता (कल्लोलता) रहता हैं।

–प्रेंटिस मलफोर्ड (१८३४–१८९१) नवविचारवादी लेखक

- प्रेम शब्द निकाल लेनेसे या प्रेम निकाल लेनेसे धरती की सजीव सृष्टी स्मशानभूमी होगी।

-रॉबर्ट ब्राऊनिंग (१८१२-१८८९) कवी

- प्रेम बहुत ताकतवर हैं, फिर भी दुनिया को चलानेवाली एक अज्ञात ऊर्जा हैं।

-पियरे टिलहार्ड दे चार्डीन (१८८१-१९५५) धर्मोपदेशक एवं तत्त्वज्ञ

- प्रेम और आकर्षणके नियम एकसमान हैं।

- चार्ल्स हानेल (१८६६-१९४९) नवविचारवादी लेखक

- हर उत्कृष्ट कार्य को समांतर और विरोधी प्रतिक्रिया मिलती हैं।

- आयझॅक न्यूटन (१६४३-१७२७) गणितज्ज्ञ और भौतिकशास्त्रज्ञ

- आनंद और प्रेमसे जो दिया हुआ हमे वापस मिलेगा। जैसा हम प्रेम का नापतौल करोगे उसी प्रमाणमें तुम्हे आनंद और प्रेम मिलेगा।

- जिझस (ख्रिश्चन धर्माचा संस्थापक - ल्युक ६ : ३८)

- सृष्टी में मानव कायम प्रेमका नियमपालन करेगा या नहीं मुझे मालूम नहीं, पर उसके कारण मुझे नाराज नहीं होना हैं। यह अच्छा नियम गुरुत्वाकर्षणके नियम जैसा ही सुंदर काम करता हैं। आप इस नियमको स्वीकारे या न स्वीकारे यह उतनाही सत्य हैं।

- महात्मा गांधी (१८६९-१९४८) भारतके राष्ट्रपिता

- जीवनमें सुख- दुःख और बोजड़पन (बोझिलपन) से एकही शब्द मुक्ती कर सकता हैं और वह हैं प्रेम।

- सोफोक्लीस (इसवी सन पूर्व ४९६- ४०६) ग्रीक नाटककार

■ आनंद और प्रेमसे सत्य मालूम होगा और यह सत्यही तुम्हें जीवनसे मुक्ति दिलाएगा।

- जिझस (ख्रिश्चन धर्माचा संस्थापक ८ : ३२)

■ आनंद और प्रेमही नियमोंका समाधान हैं।

– सेंट पॉल (अंदाजे ५ – ६७) ख्रिश्चन ॲपोसल, रोमन, १३ : १०

■ भावनाएँ मानवरूपी देहमें गुप्त रूपमें वास करती हैं।

- नेव्हिल गोडार्ड (१९०५-१९७२) नवविचारवादी लेखक

■ अच्छे विचारोंको संवेदना देने के लिये अच्छी भावनाओंकी आवश्यकता हैं। उसीमें से अच्छा मानव तैयार होता हैं।

- चार्ल्स हानेल (१८६६-१९४९) नवविचारवादी लेखक

■ प्रेम पात्र का आकार जितना अच्छा, उसकी उतनीही अच्छी पात्रता।

- संत बर्नार्ड. क्लेमखॉ (१०९०-११५३) ख्रिश्चन साधू और गूढवादी

■ आपकी अच्छी भावनाएँ और अच्छा आनंद इनके बारेमें सदा सावधान रहना चाहिए, क्योंकि हमारी अदृश्य अच्छी भावनायें और दृश्य जगतमें एक अच्छे प्रकार का बंधन हैं।

- नेव्हिल गोडार्ड (१९०५-१९७२) नवविचारवादी लेखक

■ आपकी भावनाओं में बदल अर्थात् आपके नसीबमें बदल।

- नेव्हिल गोडार्ड (१९०५-१९७२) नवविचारवादी लेखक

■ हमें यदी विश्व की गुप्त (गहन) रहस्योंकी जानकारी चाहिए तो ऊर्जा लहरी

और कंपनोंका इस संदर्भमें विचार करना होगा।

- निकोला टेस्ला (१८५६-१९४३) रेडिओ, अल्टरनेटिंग करंटका शोध लगानेवाले शास्त्रज्ञ

- आपके साथ क्या अच्छा अथवा बुरा घटित होगा मालूम नहीं, पर ऊर्जा लहरें और कंपनोंका इस संदर्भ में विचार करना होगा।

- एपिक्टेटस (५५-१३५) ग्रीक तत्त्वज्ञ

- हम एक क्षणभी पश्चात्तापमें न बिताये। कारण पूर्ण जीवनकी गल्तियों का सतत विचार करना संसर्गजन्य रोग के समान हैं।

- नेव्हिल गोडार्ड (१९०५-१९७२) नवविचारवादी लेखक

- मन में क्रोध रखना जलनेवाले अंगारकी तरह हैं, जो दुसरोंपर फेंके जैसा हैं, इसमेंसे खुदभी जख़्मी (घायल) होने जैसा हैं।

- गौतम बुद्ध (इसवी सन पूर्व ५६३-४८३) बौद्ध धर्मके संस्थापक

- हम जो कुछ दुख (पीड़ा/यातना) जीवनकालमें दुसरोंको देंगे वही वापस आकर उतनाही दुख हमें देगा। वैसेही अन्योंको प्रेम और आनंद दिया तो उतनाही कायम प्रेम और आनंद हमेंभी कायम मिलेगा।

- एडविन मार्कहॅम (१८५२-१९४०) कवी

- हम हमारे पास कुछभी न रहकर भी शून्यमेंसे ब्रह्मांड निर्माण कर सकते हैं। ये सभी बातें अपने शरीरकी कृतिके माध्यमसे आती हैं।

- नेव्हिल गोडार्ड (१९०५-१९७२) नवविचारवादी लेखक

- हम एक उत्साहपूर्ण आनंदी और प्यारभरा जीवन जी सकते हैं। और सभी प्रकारके

नुकसानसे सुरक्षित रह सकते हैं।

-चार्ल्स हानेल (१८६६-१९४९) नवविचारवादी लेखक

- आपके पास सकारात्मक आवेग होगा तो अच्छी परिस्थिती और अच्छे दिन आपकी ओर आकृष्ट होंगे।

- अज्ञात

- हम सब वर्तमानके लिये जिये। बीते हुए दिनोंके लिये नहीं। कलके लिये भी नहीं। हमारे लिये आज महत्त्वका हैं। आज के क्षण कले के लिये आप मत रुकिये।

- जेरी स्पिनेल्ली (जन्म- १९४१) बालसाहित्य लेखक

- हमारी जिंदगी का प्रत्येक क्षण निरंतर निर्मितीका रहता हैं और विश्व अमर्याद हैं। केवल एक बिनती (प्रार्थना) कीजिये। आपको जो कुछ चाहिए वह सब मिलेगा।

- शक्ती गावेन (जन्म १९४८) लेखक

- जो बात आपने अभी देखी नहीं उसपर विश्वास रखना श्रद्धा और इसका समर्थन करना का अर्थ हुआ जिसफर हमें आत्मविश्वास हैं उसे देखना।

- संत ऑगस्टिन. हिप्पो (३५४-४३०) धर्मशास्त्रवेत्ता एवं बिशप

- हमारी की हुई कल्पना निर्मितीकी पहली सीढ़ी हैं। हमें जिस बात की इच्छा हैं उसकी हम कल्पना करे। जो हम कल्पना करते हैं उसेही जीवनमे अमल में लाते हैं। वह भी कायम। जो हम चाहते हैं उसीका निर्माण आपके हाथोंसे होता हैं।

- जॉर्ज बर्नार्ड शॉ (१८५६-१९५०) नोबेल पारितोषिकविजेता

■ यह दुनिया, सृष्टी, ब्रम्हांड हमारी कल्पनाके लिये रहा हुआ व्यासपीठ (स्टेज) हैं।

- हेन्री डेव्हिड थोरो (१८१७-१८६२) अन्नयनवादी लेखक

■ उत्कृष्ट मनका रहस्य उसकी सुंदर कल्पनाशक्तिके उपयोग में हैं।

- ख्रिस्तीन डी. लार्सन (१८७४-१९६२) नवविचारवादी लेखक

■ स्वर्ग, धरातल निर्मिती और उसमें की सभी बातोंकी निर्मिती पुरी हुई हैं।

- जेनेसिस २ :१

■ अपने आस पड़ौसके लोग, परिस्थिती क्या सूचित कर रही हैं इसका हम विचार करते बैठते हैं। तब हमें क्या चाहिए इसका हम विचार नहीं करते। हम हमारे अपनी भावनाओंकी तरह नहीं, उधारीकी भावनाओंकी तरह बरताव करते हैं। हमें निश्चित रूप में क्या विचार करना हैं या निश्चित क्या करना हैं निश्चिती के लिये कल्पनाशक्ती का उपयोग करना चाहिये।

- ख्रिश्चन डी. लार्सन (१८७४-१९६२) नवविचारवादी लेखक

■ अपनी भावनाएँ और विचार व्यक्त करनेकी क्षमतासे आप दुनियापर अधिसत्ता चला सकते हैं।

- नेव्हिल गोडार्ड (१९०५-१९७२) नवविचारवादी लेखक

■ अणू कोई सत्य नहीं। वे कहानियाँ, सत्यसे जादा क्षमता की या संभावनाओंकी दुनिया निर्माण करते हैं।

- व्हर्नर हायसनबर्ग (१९०१-१९७६) नोबेल पारितोषिकविजेता, क्वांटम भौतिकशास्त्रज्ञ

- हम सबकी इच्छाएँ और भावनायें इनमें गोंधळ (असामंजस्य) रहनेपर भावनायेंही हमेशा विजेता हुई हैं।

- नेव्हिल गोडार्ड (१९०५-१९७२) नवविचारवादी लेखक

- हम जीत रहे हैं ऐसे क्षणों में हमारे मनकी शंकाएँ हमें कुछ गवानेको बाध्य (विवश) करती हैं।

- विल्यम शेक्सपिअर (१५६४-१६१६) इंग्रजी नाटककार

- अपनी भावनायेंही देवता हैं।

- चाणक्य (इसवी सन पूर्व ३५०-२७५) भारतीय राजकारणी और लेखक

- हमारे जीवन में परिस्थिती कैसी भी हो सतत आनंदसे रहनेका आग्रह धरे। मैं खुदभी इसी रास्ते से चलता हूँ। कारण हमारे जीवन में आनंदका और दुखका खूब बड़ा भाग हमारे स्वभावपर अवलंबित रहता हैं यह मैंने अनुभवमें से सीखा हैं।

- मार्था वॉशिंग्टन (१७३२-१८०२) अमेरिकाके पहिले राष्ट्राध्यक्ष जॉर्ज वॉशिंग्टन उनकी पत्नी

- हमारे शरीर के भीतर एक दुनिया बसी हैं, वह विचार, भावना, ऊर्जा और शक्ति और प्रकाशसे जुड़ी हैं। वह अदृश्य रहनेपर भी उसका आवेग बहुत महत्त्वपूर्ण हैं।

- चार्ल्स हानेल (१८६६-१९४९) नवविचारवादी लेखक

- जीवनमें मूर्खाचरण करनेवालोंका सामना होशियारीसेही करना चाहिये।

-लाओ त्सू (इसवी सन पूर्व ६ वे शतक) ताओइझमचा संस्थापक

- जीवन में भाग्य संयोगवशात् नहीं आता, वह हमारे जीवनमें हमारा अपना चुनाव रहता हैं।

- विल्यम जेनिंग्ज ब्रायन (१८६०-१९२५) अमेरिकन राजकीय नेते

- हम जिस व्यक्तिपर प्रेम व्यक्त करते हैं उसके साथ भी जादू हो सकती हैं। हम जितना प्रेम देंगे उतनाही हमें भी मिलेगा।

- रेनर मारिया रिल्क (१८७५-१९२६) लेखक एवं कवी

- हम अभद्र (खराब, बुरा) न देख, न सुने, ना बोले।

- जपानमधील तोशोगू समाधीवरील सुविचार (१७ वे शतक)

- पहले के प्रारंभिक काल में संभावनाएँ थी। उनके निरीक्षणके बादही अस्तित्वमें आनेवाला था, लाखों वर्षोंबाद यह निरीक्षण हुआ। उससे कोई फर्क नहीं पड़ता। विश्वका अस्तित्व पुराना हैं, क्योंकी हम उसके बारेमें सतर्क हैं, सावधान हैं।

- मार्टिन रीस (जन्म १९४२) खगोल भौतिकशास्त्रज्ञ

- हमें सच्ची दुनियाका (सत्यलोकका) साधर्म्य दिखानेवाली लहरें इस दुनिया में दिखाई देती हैं, पर उन्हींकी तरह अन्य अनेक प्रकार की अगणित (असंख्यात) सत्यता भी हमारे साथ रहती हैं, पर वे हमें समझ नहीं आती।

- स्टीवन वेनबर्ग (जन्म १९३३) नोबेल पारितोषिकविजेते क्वांटम भौतिकशास्त्रज्ञ

- भूत, वर्तमान और भविष्यका फर्क मृगजलकी तरह हैं।

- अल्बर्ट आइनस्टाइन (१८७९-१९५५) नोबेल पारितोषिकविजेते भौतिकशास्त्रज्ञ

- सृष्टी में हर पेड़में एक संवेदना हैं, जो हमारे प्रेमको समज सकती हैं। और उसे प्रतिसादभी देती हैं, लेकिन हम जिस तरिकेसे व्यक्त करते हैं वैसा नहीं होता। या हम समझ सके इस तरिकेसे व्यक्त नहीं होता।

– प्रेन्टिस मलफोर्ड (१८३४–१८९१) नवविचारवादी लेखक

- दुनिया मृगजलकी भाँति हैं यह बात होशियार (चालाख) आदमी जानता हैं, यह दुनिया सच हैं ऐसा मानकर नहीं चलता, ऐसा मानव दुखसे दूर रहता हैं।

– गौतम बुद्ध (इसवी सन पूर्व ५६३–४८३) बौद्ध धर्मके संस्थापक

- हम जिन्हें देख सकते हैं, जिनका स्पर्श कर सकते हैं, उनपर विश्वास रखना। विश्वास नहीं होता, पर जो अदृष्ट (आँखसे दिखायी न देनेवाला) हैं, उसपर विश्वास रखना जेत्या (विजेता) का काम हैं। आशीर्वाद काही एक भाग हैं।

– अब्राहम लिंकन (१८०९–१८६५) अमेरिकेके सोळावे राष्ट्राध्यक्ष

- ब्रम्हांडका महान्, निरंतर और अतुलनीय आवेग हमें आप सबको आगे ले चलता हैं। पर इस तरिकेसे हमारी तरह चलनेवाले कुछ लोग खोळंबून (इंतजारमें/ प्रतीक्षामें) रहते हैं और पीछे मुड़कर देखते हैं और अनजाने में वे आवेगको विरोध दर्शाते हैं।

– प्रेन्टिस मलफोर्ड (१८३४–१८९१) नवविचारवादी लेखक

- जीवन में प्रेम पृथ्वीपर रही सबसे अधिक महान शक्ति हैं। हम सबको वह जीत लेती हैं।

– पीस पिलग्रिम जन्मगाव मिलड्रेड लेसिटी नॉर्मन (१९०८–१९८१) शांतता कार्यकर्ती

- हमारी सबसे महत्त्वपूर्ण कीमती वस्तू और श्रेष्ठ शक्ती हमेशाही अदृश्य और अस्पर्श रहती हैं। कोई भी उसे नहीं छिन सकता। हम और केवल हमही उसे दे सकते हैं। इसे देनेके बाद हमें बहुत मिलता हैं।

- डब्ल्यू. क्लेमेंट स्टोन (१९०२-२००२) लेखक एवं व्यावसायिक

- इतने समय के बाद भी तू मेरी ऋणी हो ऐसे सूर्य, पृथ्वीको कभी बोलता नहीं। (सूर्य- पृथ्वी) समान प्रेम करना कितना अच्छा हैं। इसका विचार करे। इससे सारा आसमान प्रकाशमान होगा।

- हाफेज (१३१५-१३९०) सुफी कवी

- हमारे साथ प्रेम का, आनंद का एक आवेग रहता हैं। और वह कभी व्यर्थ नहीं जाता, इसलिए वह हमारे बारेमें भी व्यर्थ नहीं जायेगा। इस पर भरोसा रहें।

- रॉबर्ट कॉलिअर (१८८५-१९५०) नवविचारवादी लेखक

- एकबार प्रेम के प्रदेश में प्रवेश किया की, बाकी सारी दुनिया कितनी भी अपरिपक्व (नादान, ना समझ) रही तो भी हमें अच्छाही लगेगा। प्रेम व्यक्त करनेका अवसर उसमें हमे दीखने लगता हैं।

- सेरेन ॲबी किर्कगार्ड (१८१३-१८५५) तत्त्ववेत्ता

- जीवन में आनंदद्वार खोलनेकी चाभी प्रेम हैं।

- ऑलिव्हर वेंडेल होम्स (१८०९-१८९४) हार्वर्ड मेडिकल स्कूलके अधिष्ठाता

- हमारे मनकी सुस्पष्टता याने इच्छा की सुस्पष्टता, इसलिए श्रेष्ठ और सुस्पष्ट प्रेम होता रहता हैं और जो जिसे अच्छा लगता हैं, अलग दृष्टि से देख सकते हैं।

- ब्लेस पास्कल (१६२३-१६६२) गणिततज्ज्ञ और तत्त्ववेत्ता

- जीवन में जो लोग मनपर नियंत्रण नहीं रखते, उनका मनही उनका शत्रू बना रहता हैं।

- भगवद्गीता (इसवी सन पूर्व पाचवे शतक) हिंदू पौराणिक कथा

- कृतज्ञता भाव मन में रहे बिना हम हमारी शक्तिका उपयोग नहीं रख सकते, कारण कृतज्ञता का भावही हमें शक्ति देता हैं।

- वॉलेस वॉटल्स (१८६०-१९११) नवविचारवादी लेखक

- मेरा काम मेरे चारों तरफ रहे हुए जीवित या मृत व्यक्तिसेही पूर्ण होता हैं। मुझे आजतक जो मिला हैं, मिल रहा हैं उसके लिये उनके प्रति कृतज्ञता प्रगट करनेकी जाणीव (संवेदना) मुझे सदा रहती हैं।

- अल्बर्ट आइनस्टाइन (१८७९-१९५५) नोबेल पुरस्कारविजेता भौतिकशास्त्रज्ञ

- हम जिंदगी में आभारी हैं यह एकही प्रार्थना जिंदगीभर करते रहे तो भी पर्याप्त हैं।

- माइस्टर एक्हार्ट (१२६०-१३२८) ख्रिश्चन लेखक और धर्म शास्त्रवेत्ता

- जो हमें भरभरके मिला हैं उसके प्रति कृतज्ञता रखनेसे फिरसे हमें भरभरके मिलता हैं।

- मोहम्मद (५७०-६३२) इस्लाम धर्माचे संस्थापक

- हम हमारे जीवनमें शांत रहें, तो तैयारीमें रहे तो किसीभी नकारात्मक परिस्थितीमें से रास्ता ढूँढ़ सकते हैं।

- हेन्री डेव्हिड थोरो (१८१७-१८६२) उन्नयनवादी लेखक

■ कृतज्ञता यह एक अच्छा टीका (लस) हैं। कृतज्ञता विषपर मात करनेवाली दवाई हैं। कृतज्ञता जख़्मपर लगानेका मरहम (मलम) हैं।

- जॉन हेन्री जोवेट (१८६४-१९२३) प्रेस्बिटेरिअन धर्मोपदेशक एवं लेखक

■ अपने दैनिक जीवनमें हमारे यह भी ध्यान में नहीं आता की, हम जो देते आये हैं उससे कितनाही अधिक गुनाह में मिलता रहता हैं और केवल और केवल सिर्फ कृतज्ञतासे आयुष्यमें सधनता (रईसी) आती हैं।

- डिट्रिच बॉन हॉफर लुथरन पास्टर (१९०६-१९४५)

■ अपने परिवारमें रहे हुए छोटे बच्चोंद्वारा आकर्षणका नियम हमें अधिक अच्छी तहरसे समझ में आयेगा।

- महात्मा गांधी (१८६९-१९४८) भारतके राष्ट्रपिता

■ हम और आप अपनी कल्पनाशक्तिके सहारे कहीं भी जा सकते हैं।

- अल्बर्ट आइनस्टाइन (१८७९-१९५५) नोबेल पुरस्कारविजेता भौतिकशास्त्रज्ञ

■ जो मनुष्य खुदपर भरोसा रखता हैं, उसके लिये सभी बातें, ध्येय, सपने संभव हैं।

- जिझस (अंदाजे ५ बी सी- अंदाजे ३० एडी) ख्रिश्चन धर्म संस्थापक मार्क मध्ये ९ :२३

■ हमें जो चाहिए और हमें जिसकी इच्छा हैं वह पहलेही हमारा हो चुका रहता हैं। अपनी इच्छा पूर्ण हुई ऐसा समजने लगे तो योग्य हैं।

- नेव्हिल गोडार्ड (१९०५-१९७२) नवविचारवादी लेखक

- हम गरीब हैं और गरीबही रहेंगे ऐसा लगना उम्रभर गरीबही रहना हैं। जब हम अच्छे (बड़े) अमीर हैं ऐसा विचार करे तब विचारोंमें अच्छा बदलाव आकर रईस बनेंगे।

-राल्फ वॉल्डो एमरसन (१८०३-१८८२) उन्नयनवादी लेखक

- हमारे पास कुछ भी कम नहीं ऐसा लगने लगा, तो सारी दुनियाँ भी हमारी हैं ऐसा लगने लगता हैं।

- लिओ झ्यू (इसवी सन पूर्व ६ वे शतक) ताओइझमचा संस्थापक

- हमारा हर तत्त्वज्ञान, हमारा प्रत्येक धर्म, प्रत्येक विज्ञान इनका निरंतर, मूलभूत तत्त्व प्रेम हैं। प्रेमके नियमसे कोई भी दूर नहीं जा सकता।

- चार्ल्स हानेल (१८६६-१९४९) नवविचारवादी लेखक

- हमारी आयु और परिस्थिती अच्छी रहे। हमारी परिस्थिती हम खुदही बनाते हैं। हम जैसे हे वैसी हमारी परिस्थिती होती हैं।

- हिप्पो येथील संत ऑगस्टिन (३५४-४३०) तत्त्ववेत्ता एवं बिशप

- हमारा काम या हमारा समय इनके अनुसार प्रशंसा नहीं मिलती। तो हम कितनोंको कैसे प्रेम देते हैं इसपर हमारा सारा जीवन अवलंबित रहता हैं।

- सिएना येथील संत कॅथरिन (१३४७-१३८०) तत्त्ववेत्ता व कॅथलिक चर्चचे डॉक्टर

- हमे जो चाहिए व अपनी इच्छा कायम मनमें संबलकर रखनी चाहिए। इस तरह रखे की, मानो अभी अभी आपकी हुई हैं। आपकी इच्छाका फल निश्चितही मिलेगा।

- नेव्हिल गोडार्ड (१९०५-१९७२) नवविचारवादी लेखक

- हम कितने पैसे लोगोंको देते हैं यह महत्त्व नहीं रखता। तो कितने प्यारसे देते हैं इसे जादा महत्त्व हैं।

- मदर तेरेसा (१९१०-१९९७) नोबेल पारितोषिक विजेत्या मिशनरी

- हृदयके बिना बुद्धिमान आदमी शून्य। क्योंकी केवल समझदारी, केवल होशियारी अथवा दोनों मिलकर बुद्धिमान आदमी तैयार नहीं होता। केवल प्रेम! प्रेम! प्रेम! यही बुद्धिमत्ता का आत्मा हैं।

- निकोलस जोसेफ वॉन जॅक्विन (१७२७-१८१७) डच वैज्ञानिक

- हमें यदी प्रेम चाहिए तो हमने यदी प्रेम दिया होगा तोही वह हमे वापस मिलेगा यह ध्यानमें रखिये। जितना जादा प्रेम दोगे उतनाही जादा प्रेम मिलेगा। इसका एकही अच्छा रास्ता हैं और वह हैं खुदस प्रेमसे ओतप्रोत हो। आप चुंबक बने तबतक आपको यह क्रिया जारी रखनी पड़ेगी।

- चार्ल्स हानेल (१८६६-१९४९) नवविचारवादी लेखक

- सफलता केवल आनंदकी गुरुकिल्ली (कुंजी/चाभी) नही हैं। केवल आनंदही यश की कुंजी/चाभी हैं।

- अल्बर्ट श्वाइट्झर (१८७५-१९६५) नोबेल पारितोषिकविजेते एवं धर्मप्रसारक और तत्त्ववेत्ता

- जीवन में आनेवाली व्यक्ती कितनीभी महत्त्वहीन हो, उसे हम खूब प्रेम, काळजी (चिंता) दे। अर्थात् उसकी खूब चिंता करे। समझदारी दिखाये। उसके बदले में कुछ भी अपेक्षा न रखे. इससे मिलनेवाली जिंदगी पहले जैसी न रहकर बदल जायेगी।

- ऑग मॅडिनो (१९२३-१९९६) लेखक

■ हमारी जिंदगी में एकही नियमपर सब आधारित हैं। हमारे पड़ौसियोंपर हम हमारे उतनाही प्रेम करे।

- संत पॉल (अंदाजे ५-७) ख्रिश्चन प्रेषित. गेलाटियन ५ : १४

■ जीवनमें तिरस्कार (घृणा) को तिरस्कारसे नहीं, प्रेमसे जीता जा सकता हैं। यही नियम निरंतर हैं।

- गौतम बुद्ध (इसवी सन पूर्व ५६३-४८३) बौद्ध धर्मके संस्थापक

■ जिंदगी में यदी कोई हमें कम (हल्का) समझनेका प्रयत्न करता हैं, तो अपनीभी वैसाही बरताव (आचरण) उसतक न पहुँचे इतनी अपनी आत्मा की उँचाई बढ़ानी चाहिये।

- रेने डेस्कार्टिस (१५९६-१६५०) गणिततज्ज्ञ और तत्त्ववेत्ता

■ हम प्रेम से चलते हैं तब आत्मा का पोषण होता हैं। हम क्रूरतासे चलते हैं, तब आत्मा मरती हैं।

- किंग सोलोमन (इसवी सन पूर्व ३८४-३२२) ग्रीक तत्त्ववेत्ता और शास्त्रज्ञ

■ जीवन का पूर्ण आनंद हमपर अवलंबित रहता हैं।

- किंग सोलोमन (इसवी सन पूर्व १० वे शतक) इस्त्रायलचा बिब्लीकल राजा

■ तिरस्कार (घृणासे) जीवन लंगडा-लुला होता है। प्रेमसे उसमेंसे छुटकारा मिलता है। तिरस्कारसे जीवनमें गोंधळ (अराजकताका) निर्माण होता हैं। और प्रेमसे सरलतासे चलता हैं। तिरस्कारसे आयु में अंधेरा होता हैं। प्रेमसे प्रकाशमानता आती हैं।

- मार्टिन ल्युथर किंग ज्युनिअर (१९२९-१९६८) बाप्टिस्ट मिनिस्टर और नागरी हक्क चलवलके नेते

- जीवन में एक सीढ़ी अच्छे विचारोंकी, दुसरी अच्छें शब्दोंकी और तिसरी अच्छे कृतिकी ये तिनों सीढ़ीयाँ चढ़नेपर मैंने स्वर्गमें प्रवेश किया है ऐसा प्रतीत होगा।

- अर्दा विराफचे पुस्तक (अंदाजे ६ वे शतक) झोरास्ट्रीयन धार्मिक पुस्तक

- एखाद मनुष्य बुरे विचार बोलता हैं या बुरा बरताव करता हैं उसके हिस्सेमें वेदनाही आती हैं। एखाद मनुष्य अच्छा विचार कर रहा होगा, बोल रहा होगा तो उम्रभर आनंद शीतल छायाके समान उसके साथ रहता हैं।

- गौतम बुद्ध (इसवी सन पूर्व ५६३-४८३) बौद्ध धर्मके संस्थापक

- सच्ची ताकद शरीरके भीतरसे आती हैं, पर जबतक हम वह दुसरोंको नहीं देते, वह तबतक हमें मिलती नहीं।

- चार्ल्स हानेल (१८६६-१९४९) नवविचारवादी लेखक

- दुनियाके सभी इन्सान जिंदगीभर परस्परोंपर प्रेम करने लगेंगे तबतक कोई भी ताकतवर मनुष्य कमजोर इन्सानोंपर हुकूमत नहीं कर सकेगा। बहुसंख्याक लोग अल्पसंख्याक लोगोंपर दबाव नहीं ड़ाल सकेंगे। धनिक गरिबोंसे छलकपट नहीं कर सकेंगे। महान लोक सामान्योंको हल्का (तुच्छ) नहीं समझेंगे। धूर्त इन्सान सामान्योंको धोखा नहीं देंगे। जेता जीत (पराजित) को कम नहीं समझेंगे।

- मोझी (इसवी सन पूर्व साधारणपणे ४७०-३९१) चिनी तत्त्ववेत्ता

- जिंदगी में किसीभी बाझ घटनाके कारण आप टेन्शन में (तनावमें) आये होंगे तो वह वेदना उस बातके कारण नहीं होती। हमारी उस बातके अंदाजेपर अवलंबित रहती हैं। उसे बदलनेकी ताकद हमीमें होती हैं।

- मार्क्स ऑरेलिअस (१२१-१८०) रोमन सम्राट

- जीवन में प्रेमभरी छोटीसी कृती ऐसा प्रकार अस्तित्वमें नहीं रहता। ऐसी हर कृती एकभले अंतके तरंगे (लहरे) लेकर आती हैं।

- स्कॉट ॲडम्स (जन्म १९५७) व्यंग्यचित्रकार

- हमारे जीवनकी नैसर्गिक प्रेरणाएँही हमें स्वस्थ रखती हैं। बिमारियाँ ठीक करती हैं।

- हिप्पोक्रेट्स (इसवी सन पूर्व ४६०- ३७०) पाश्चिमात्य वैद्यकीचा जनक

- हम जो विचार हृदयसे करते हैं, वेसेही हम होते हैं।

- सोलोमन राजा (इसवी सन पूर्व १० वे शतक) इस्त्रायलचा बायबलमध्ये वर्णित राजा. प्रोव्हर्ब २३.७

- जिस बात का ड़र होता है वहीं सामने आकर खड़ी होती हैं और जिसकी दहशत लगती हैं वह हमपर आकर गिरतीही हैं।

- जॉब ३ : २५

- हमारी भावनाओंका हमारे शरीरकी हर पेशी (Cell) पर परिणाम होता हैं। हमारा मन और शरीर मानसिक और शारीरिक रूपसे परस्परोंमें जुड़े हुए हैं।

- थॉमस टटको (जन्म १९३१) क्रीडा मानसोपचारतज्ज्ञ एवं लेखक

- हमारे शरीरके हर इंद्रियाँकी स्वस्थ प्रतिमा आँखोंके सामने लाई ये। कौनसीभी बिमारी शरीर को स्पर्श नहीं करेगी।

- रॉबर्ट कॉलिअर (१८८५-१९५०) नवविचारवादी लेखक

- सृष्टी में आया हुआ मानव मानो इस विश्वकी छोटीसी प्रतिकृती हैं, इसलिए जैसा मनुष्य हैं वैसाही विश्व रहता हैं।

- डेव्हिड बॉम (१९१७-१९९१) क्वांटम फिजिसीस्ट

■ जीवनमें जहाँ प्रेमका सर्वोच्च आविष्कार रहता हैं, वहाँ हमेशा चमत्कार उत्पन्न होते हैं।

- विला कॅथर (१८७३-१९४७) पुलित्झर पुरस्कारविजेते कादंबरीकार

■ जीवन में प्रेमही प्रेमका चित्र रेखाटन करता हैं।

- संत तेरेसा, ॲव्हिला (१५१५-१५८२) नन, लेखिका और गूढवादी

■ संभव और चमत्कार एक ही बात। **- प्रेंटिस मलफोर्ड (१८३४-१८९१) नवविचारवादी लेखक**

■ अपनी बीमारीसे मन को जहाँतक हो सके, दूर रखिये। अपनी क्षमता और ताकदका अंदाजा रखिये। फिर वे आपकीही बाजूमें आयेंगे। अपने स्वास्थ्यके बारे में अच्छा विचार करिये, स्वस्थ रहिये।

- प्रेंटिस मलफोर्ड (१८३४-१८९१) नवविचारवादी लेखक

■ हममें प्रेमभाव वृद्धिंगत होगा वैसे वैसे हमारा सौंदर्यभी बढ़ेगा, क्योंकी आपका प्रेमसे तात्पर्य हैं आपके आत्मा का सौंदर्य।

- संत ऑगस्टिन, हिप्पो (३५४-४३०) थिऑलॉजिअन आणि बिशप

■ मृत्युकी परिहार्यता जीवशास्त्रमें कहींभी नहीं मिलती। यह सूचित करती हैं कि मृत्यु अटल नहीं। और हमारी त्रासदी के कारण क्या हैं जीवशास्त्रियोंको समझना कुछही समयका सवाल हैं।

- रिजड फेनमन (१९१८-१९८८) नोबेल पारितोषिक विजेता- क्वांटम भौतिकशास्त्रज्ञ

■ जीवनमें प्रेमको उधाण (तूफान) आता हैं, तो वही अमृत बनकर। यही खूब

अच्छी आयु बीतानेकी संभवनीयता हैं। इन बातोंके अभावसे बढ़ती उम्रका एहसास होता हैं।

- जोझिया गिल्बर्ट हॉलंड (१८१९-१८८१) लेखक

- प्रेम, आनंद, भलमानुषता और जिंदगी की अन्य बातोंके लिये भी शक्ती हमारे भीतर रहती हैं, जिसे अमर्याद शक्ति कहते हैं।

- रॉबर्ट कॉलिअर (१८८५-१९५०) नवविचारवादी लेखक

- निर्माताने पृथ्वी यह ग्रह मानो ऊर्जासे बनाया हैं, उसी तरहका। विश्वव्यापी जोड़ सचमुचही आश्चर्यचकित करनेवाला हैं।

- निकोला टेस्ला (१८५६-१९४३) रेडिओ आणि अल्टरनेटिंग करंटचा संशोधक

- दुनियामें हमें जो बदलाव देखने हैं उनकी शुरूवात हमें खुदसे करनी चाहिये।

- महात्मा गांधी (१८६९-१९४८) भारताचे राष्ट्रपिता

- हम जब सूर्यमालिका की तरफ देखते हैं, हमें दीखता है की, धरती सूरजसें सही दूरीपर हैं, इसी कारण से उसे योग्य प्रकारकी उष्णता और प्रकाश मिलता हैं। यह ऐसेही घटित नहीं हुआ हैं।

- आयझॅक न्यूटन (१६४३-१७२७) गणिततज्ज्ञ आणि भौतिकशास्त्रज्ञ

- ज्ञान ताला है तो प्रश्न उस तालेकी चाभी।

- जाफर अल् सादिक (७०२-७६५) मौलवी

- विश्वासकी दृढ़संकल्पतासे, दृढ़संकल्पके धीरे- धीरे विश्वासमें बदलनसे किसी भी बातपर नियंत्रणकी आवश्यकता महसूस नहीं होगी। बातें फुलती-

फलती रहेगी। और उनके साथ हमभी प्रफुल्लित होते जायेंगे। इससे आयु सुंदर होगी। खूब लाभभी होगा।

- बिनगेट पैन (१९१५-१९८७) लेखक और फोटोग्राफर

- अपनी बिखरी हुई चीजोंके बिखराव में से साधापन ढूँढ़िये। विसंवाद से सुसंवाद साधिये। कठीन स्थितिसे अवसर ढुँढ़िये।

- अल्बर्ट आइनस्टाइन (१८७९-१९५५) नोबेल पुरस्कारविजेता भौतिकशास्त्रज्ञ

- जिंदगी में कोई भी चीज ना अच्छी होती हैं, ना बुरी। हमारे विचारोंसे वह वैसी बनती हैं।

- विल्यम शेक्सपिअर (१५६४-१६१६) इंग्रजी नाटककार

- जीवनमें प्रेमसंमोहित आयुही सच्ची आयु हैं। उसमें एक रहईस जादापन रहता हैं। उसीसे शक्ति और सौंदर्य मे अभिवृद्धी होती हैं।

- रॅल्फ वॉल्डो ट्राइन (१८६६-१९५८) नवविचारवादी लेखक

- जब हमारा हृदय ठीक प्रकारसे काम करता हैं, हमारा निजी जीवन सफल होता हैं। वैयक्तिक जीवनकी सफलात पारिवारिक जीवन को सुगम, सरल, सुखी बनाती हैं। पारिवारिक सुखसे राष्ट्र की आयु भी समस्यारहित, सरल बनती हैं और जब राष्ट्रकी आयु सरल बनती हैं वैश्विक शांती का लाभ होता हैं।

- कन्फ्युशिअस (इसवी सन पूर्व ५५१-४७९) चिनी तत्त्ववेत्ता

- तुम, में और राजे (महाराजे) अस्तित्वमें नहीं, ऐसा कोई भी समय नहीं आयेगा। बचपन, जवानी, बुढ़ापा इनमेंभी हमारा शरीर वही रहता हैं। वैसेही

मौतके बादभी हमारा दुसरा शरीर रहता हैं। सयाने लोग इस परिवर्तनसे फँसते नहीं।

- भगवद्‌गीता (इसवी सन पूर्व ५ वे शतक) हिंदू पौराणिक कथा

- स्वर्ग और धरातल के सभी नियमोंका अस्तित्व हमारेही भीतर हैं।

- मोरिहे यूशिबा (१८८३-१९६९) मार्शल आर्टचा संस्थापक

- हम जीवनमें अग्रेसर हैं या नहीं, प्रश्न यह नहीं हैं, पर इसमें हम कितना आनंद लेते हैं यह बात महत्त्वपूर्ण हैं।

- रॉबर्ट थरमन (जन्म १९४१) बुद्धिस्ट लेखक और शिक्षणतज्ज्ञ

- जीवन में कृतज्ञता और आनंद यही जीनेके मुख्य दो कारण हैं।

- गौतम बुद्ध (इसवी सन पूर्व ५६३-४८३) बौद्ध धर्मके संस्थापक

- सृष्टीमें मनुष्य एक दिन हवा, लहरें, गुरुत्वाकर्षण इन्हें भी जीतेगा, तब ईश्वरके लिये प्रेम की ऊर्जा बचाके रखेंगे और फिर मनुष्य दुनियाके इतिहास में आग की खोज करेगा।

- पियरे टीलहार्ड द चार्डिन (१८८१-१९५५) धर्म गुरू और तत्त्ववेत्ता

- 'निर्मिती यह अस्तित्व हैं। उसें दुनियाँ के सामने रखें।'

- श्रीमद् भागवत (नववे शतक) हिंदू पौराणिक कथा।

- 'मानव के शरीर कों उम्र होती है। उसके ग्यानकी कोई उम्र नहीं होती।'

- संत ज्ञानेश्वर महाराज (जन्म ११९३) ज्ञानेश्वरी ग्रंथ के रचिता।

***

चले सफलता की ओर प्यार सें खुशी से

मित्रो चले नयी दिशा की ओर
प्यार सें खुशी सें सफलता की ओर

इस जीवन की खुशी लेले बेधुंद,
सफलता की ओर लेले जीवनानंद

मित्रो चले नयी दिशा की ओर,
प्यार से खुशी से सफलता की ओर

सूर नये नये ताल नये नये,
इस तालपर नाचते हुए जीवन जीते हुए

मित्रो चले नयी दिशा की ओर
प्यार से खुशी से सफलता की ओर

सुख-दुख ये जीवन के रंग है,
सफलता की ओर जाते हुए जीवन जीते हुए

मित्रो चलो नयी दिशा की ओर,
प्यार से खुशी से सफलता की ओर

जीवन में रखना विश्वास काम की उत्तमतापर
ओर चले सफलता की ओर प्यार से खुशी की ओर

– श्रीमती सविता खोडे (कवयित्री)

हम जब तक दुनियाको, लोगोंको, सृष्टीको कुछ अच्छा नही देंगे, तबतक हमे जिवनमें लोगोंसे, सृष्टीसे कुछ अच्छा नही मिलेगा।

हम सब पुस्तक पाठकों (वाचकों) के बहुत आभारी हैं।
धन्यवाद !

यदी सभी पाठकोंको 'चले सफलता की ओर प्रेमसे, आनंदसे' यह पुस्तक अंतरमनसे पसंद आई हो, तो आप इस पुस्तककी दो कापियाँ (प्रतियाँ) दो व्यक्तियोंको पढ़ने (वाचन) के लिये मद्‌द करे। जिससे उन्हें उनका और कुटुंब परिवारका ध्येय और सपना पुरा करनेमें मद्‌द मिलेगी।

धन्यवाद!
हम फिर मिलेंगे।

www.ingramcontent.com/pod-product-compliance
Lightning Source LLC
LaVergne TN
LVHW100339051026
849518LV00003B/845
* 9 7 8 8 1 9 4 4 1 6 7 2 2 *